Die Hexe von Coserow

Wilhelm Meinhold

Die Hexe von Coserow

Mit einem Nachwort
von Winfried Freund

HINSTORFF

Der Abdruck der Novelle folgt – auch in Hinblick auf Orthographie und Interpunktion – dem in der „Novellen-Zeitung“ vom 3. Juli 1844 (Verlag von J. J. Weber; Leipzig).

„Die Hexe von Coserow“ ist auch unter dem Titel „Die Pfarrerstochter von Coserow“ bekannt. Beide Versionen finden sich bei Wilhelm Meinhold.

Die alte Schreibweise des Ortsnamens „Coserow“ (heute: Koserow) wurde nicht nur in der Novelle beibehalten, sondern auch im Nachwort übernommen.

Die Deutsche Bibliothek - CIP-Einheitsaufnahme

Meinhold, Wilhelm:
Die Hexe von Coserow / Wilhelm Meinhold.
Mit einem Nachw. von Winfried Freund.
- 1. Aufl. - Rostock : Hinstorff, 2000
ISBN 3-356-00866-8

1. Auflage 2000
Schutzumschlag: Dietmar Arnhold, u. a. unter Verwendung eines Fotos von Ursula Fiedler (Grabstein des Rüdiger von Neuenkirchen in der Kirche zu Mellenthin)
Druck und Bindung: Wiener Verlag GmbH Nachf. KG
Printed in Austria
ISBN 3-356-00866-8

Wilhelm Meinhold (1797-1851)

In der kleinen Pfarre des Verfassers, auf einer der abgeschiedensten und einsamsten Inseln Deutschlands, der Insel Usedom, überall von Wasser oder unermeßlichen Urwäldern eingeschlossen, lebte vor 200 Jahren unter einem Haufen von armen Fischern und Bauern der Pfarrer Abraham Schweidler, ein Mann, dessen unglückliches Schicksal die traurige Wahrheit erhärtet: daß ein Verstoß gegen herkömmliche Gebräuche und Sitten, und ein rücksichtsloses Rügen des Falschen und Schlechten dem Menschen von jeher weit mehr Schlingen bereitet haben, als Bosheit und niederträchtige Gesinnung hinter der Maske der Heuchelei.

Zwar war das Unglück, welches die Zeit über ihn herbeiführte, schon ohnedies hart genug. Von den schrecklichen Verheerungen des dreißigjährigen Krieges war auch sein einsames Dörfchen nicht unverschont geblieben. Siebenmal von kaiserlichen Streiftruppen heimgesucht, hatte er noch von Glück zu sagen, daß er nicht, wie Hunderte seiner Gemeindeglieder, ein Opfer ihrer Schwerter, oder des gräßlichen Hungertodes wurde, welcher um jene Zeit so namenlos-entsetzlich in dieser Gegend wüthete, daß, dem pommerschen Geschichtschreiber Mieraelius zufolge, in dem, nur $1\,^1/_2$ Meile von hier entlegenen Dorfe Bandemin eine Mutter ihr eigenes Kind vor Hunger schlachtete, und man überall Menschen traf, welche mit Gras im Munde hinter den Zäunen und auf den Wiesen lagen, und entweder ihren Geist schon aufgegeben hatten, oder es unter den schauderhaftesten Zuckungen noch fortfuhren zu thun.

So hoch war das Elend seines Dörfchens zwar noch nicht gestiegen. Denn war auch an keine Ackerbestellung zu gedenken (da ohnedies der Boden aus purem Flugsande besteht, und bis auf die heutige Stunde kaum das dritte Korn zu tragen pflegt) und ebensowenig auf den Ertrag der Heerden zu rechnen, welche die Gemeinde seit mehreren Jahren schon in die Wälder getrieben hatte, und die hier theils verwildert, theils von hungrigen Menschen, oder wilden Thieren zerrissen waren; so bot doch die gütige und unbesiegbare Woge den Unglücklichen ein zwar kärgliches, aber doch immer noch hochwillkommenes Mittel vor dem Hungertode dar. Zu dem Ende baute man sich in schlichten, aus wenigen Baumstämmen zusammengefügten, und mit Torf gedeckten Hütten einstweilen auf den alten Brandstätten wieder an (denn außer der Kirche, dem Pfarrhause, und einigen andern Gebäuden lag das ganze Dorf in Asche). Ein Wächter benachrichtigte von der Spitze des weitragenden Streckelberges das Dorf von feindlichen Ueberfällen, wo Alles dann entweder in die Kähne, oder in die nahen Wälder flüchtete. –

So groß war das Elend der Zeit, in welcher Ehrn Abraham Schweidler Pfarrer und Seelsorger der Gemeinde zu Coserow war. Allein weit entfernt dadurch in seinem Gottvertrauen erschüttert zu werden, ertrug er vielmehr alle Mühseligkeiten und Schrecknisse des Krieges mit einem unbeschreiblichen Heldenmuthe; suchte, und dies oft mit Gefahr des eigenen Lebens, in den Wäldern, Brüchen und Bergschluchten seine geflüchteten Pfarrkinder zusammen, hielt täglich Betstunde in der hiesigen Kirche; kurz, zeigte sich überall als einen wahren Seelsorger in dieser trostlosen und schreckenvollen Zeit. Denn wie tiefe Wunden ihm das Schicksal geschlagen hatte: die höchste Freude seines heranrückenden Alters, und der freundliche Schimmer seiner Hoffnung, die holde Maria war ihm übrig geblieben; ein Mädchen, das mit Recht die Blume der Schönheit genannt wurde, und durch seine liebreizende Anmuth und sein edles, unverdorbenes Herz ihm nicht blos den frühen Verlust einer langbeklagten Gattin, sondern auch die härtesten Schläge des erzürnten Geschickes, wenn nicht ganz verschmerzen, doch mit Geduld ertragen ließ.

Seltsam war die Erziehung, welche er diesem seinem Liebling gegeben hatte. Pedant, wie alle Gelehrten seiner Zeit, hatte er bis zum Ausbruch des dreißigjährigen Krieges in dieser Gegend, ums Jahr 1627, bis wie lange er in einer erträglichen äußerlichen Lage lebte, keine Mühe gespart, dem Gedächtniß der holden Kleinen den ganzen Regelkram des Donatus einzuprägen, und war endlich auch wirklich dahin gediehen, daß er in den langen und einsamen Winterabenden den Horaz und Virgil zu seinem unbeschreiblichen Ergötzen mit ihr exponiren konnte. Bisweilen diente auch Hans Sachs, oder auch ein anderer Meistersänger als Herzenstärkung und launiger Zeitvertreib, und unverkennbar war es, daß die äußere Anmuth und Schönheit des holden Geschöpfes durch diese Bildung seines Geistes ausnehmend erhoben und verherrlicht wurde. Denn Maria blieb nicht, wie gewöhnlich ihr Vater, bei Vokabeln und zierlichen Redensarten stehen, sondern suchte, so viel es ihr möglich war, in den Geist des Schriftstellers einzudringen, wobei ihr ein durchdringender Verstand und viel natürliches Schönheitsgefühl sehr zu Hülfe kamen. Hierdurch hatte sie ein etwas schwärmerisches Wesen angenommen, das ihrer Schönheit nur zum neuen Hebel diente, und oft pflegte sie am Meeresstrande oder in den reizenden Bergwäldern der Gegend einen bezüglichen, am liebsten römischen Liedervers mit Emphase und Begeisterung herzusagen, selbst wenn sie Niemand hörte.

Nach dem Ausbruch der kriegerischen Unruhen war es nun freilich um dies poetische Stillleben geschehen. Vater und Tochter flohen in den nahegelegenen Streckelberg, wo eine mit Ginster, Brombeerstauden und Epheu dicht umrankte und rings von himmelhohen Tannen eingeschlossene Höhle ihr jedesmaliger sicherer Zufluchtsort war. Einige gutmüthige Gemeindemitglieder halfen ihnen den innern Raum derselben noch vergrößern, und die lockere nur aus hartem Thon bestehende Decke vor jedem Einsturz mit Baumpfählen und Latten unterstützen. Hierher zog auch Maria die einzige Kuh, welche ihnen noch übrig geblieben war, raufte ihr selbst mit den zarten Fingerchen das Futter auf der Kuppe des Berges, und lebte gewöhnlich mit dem alten Vater von dem Ertrage ihrer Milch und einigen Fischen, welche gutmüthige Seelen ihnen mittheilten, bis die Gefahr vorüber.

Als nun endlich das Gerücht erscholl, daß der tapfere und großmüthige Schwedenkönig, Gustav Adolph, den bedrängten Evangelischen zu Hülfe kommen werde, auch Wallenstein 1628 die Belagerung Stralsunds aufgehoben hatte, und das Land hin und wieder unter der unerträglichen Last freier aufzuathmen anfing; einten sich auch Schweidlers zerstreute Pfarrkinder wieder zum neuen Aufbau ihrer eingeäscherten Hütten, und wenn auch die seinige, wie durch ein Wunder, noch bis jetzt den Flammen entgangen war, so bedurfte sie doch in jedem Theile einer gänzlichen Ausbesserung, um nur einigermaßen Schutz gegen Wetter und Wind zu gewähren. Er schrieb daher an den damaligen Hauptmann des säcularisirten Klosters zu Pudagla, Wittich von Appelmann, welchem gleichzeitig die Inspection sämmtlicher Kirchen auf der Insel Usedom in ökonomischer Hinsicht zustand, und bat ihn dringend, nicht blos sein Pfarrhaus ausbessern zu lassen, und ihm seine seit mehreren Jahren beim Kloster rückständigen Hebungen auszuzahlen, sondern auch dafür Sorge zu tragen, daß aus dem herzoglichen Aerario ein neuer Abendmahlskelch angeschafft würde, da der vorhandene von kaiserlichen Streiftruppen geraubt worden sei.

Aber Wittich war ein unversöhnlicher Priesterfeind, und überall dem armen Lande in dieser schweren Zeit fast eine größere Geißel, als das Elend des Krieges selbst. Besonders war ihm unser Schweidler verhaßt, weil er ihn einmal in einem früheren Schreiben in seiner schlichten Einfalt blos Herr Appelmann genannt hatte, worüber der ehrgeizige Thor so erzürnt wurde, daß er den Pfarrer dieserhalb bei dem Herzog Bogislav schriftlich verklagte. Daher würdigte er unsern Pfarrer nicht einmal eines Gegenschreibens, sondern ließ ihm durch den Kirchenvorsteher Claus Jwing, seinen ehemaligen Reitknecht, und einen heimtückischen Bösewicht, die empörende Antwort sagen: was die beiden ersten Punkte seines Anschreibens beträfe, so wäre dazu durchaus kein Geld vorhanden, und den Kelch anlangend, so möge er seine Heerde nur aus einem Wassereimer tränken, wie er es mache, und manchen Tag gemacht habe.

Hierüber wurde, wie leicht zu glauben steht, unser Pfarrer auf das Aeußerste erbittert, und nicht zufrieden seinem Zorn gegen einzelne Gemeindeglieder unter den härtesten Ausdrücken Raum gelassen zu haben, bestieg er am nächsten Sonntage die Kanzel, und da der Geist der damaligen Predigtweise schon ohnedies polemisch war, so legte er sich weder Maß noch Zügel an, sondern kanzelte den Herrn Hauptmann als einen gottvergessenen Buben auf das Unbarmherzigste vor der ganzen Versammlung ab. Freilich befleißigte er sich so viel als möglich der verblümten Rede; allein seine Absicht wurde auch dem Einfältigsten klar. Das Evangelium am dritten Sonntage nach den heiligen drei Königen, vom Hauptmann von Capernaum, gab ihm hierbei die erwünschteste Gelegenheit an die Hand. Vor allen aber war es folgende Stelle, welche Wittich Appelmann am meisten verdroß; denn der Kirchenvorsteher Claus Jwing versäumte nicht, schon an demselben Nachmittage nach dem, nur 1½ Meile entfernten Pudagla zu wandern, und ihm mit boshaftem Lächeln die ganze Predigt zu recitiren:

„Es seind, lieben Freund', itzunder viel Männer, die wir mit einander betrachten wöllen; als da seyn Amtmänner und Bauermänner, Drathmänner und Ehemänner, Fuhrmänner und Gewerksmänner, Hampelmänner und Kriegsmänner; (seind oft nur einerlei) Jamänner und Neinmänner; Petermänner* (das seind gar rare Männer), Rauf-Männer und Saufmänner (leider Gottes giebt's die Hüll und die Füll!), aber die allernichtsnutzigsten in unserer Zeit, das seind die Wassermänner** und die Appelmänner, d. i. solche Männer, welche die geplagte arme Christenheit auf ihrem eignen Fell zum Appel rufen. Wöllen

* Bekanntlich ist das Petermännchen eine Münze.

** Wassermann ist ein in Pommern sehr gewöhnlicher Hundename.

auch Hauptmänner sein, wie der Hauptmann zu Capernaum, aber pfui dich Hauptmann an! ein Saufmann bist du, ein heilloser Lotterbub, und möge dich der Teufel mit dem Wassereimer tränken, womit du deine Ochsen tränkst, wenn er dir auf dein dickes Leder den Appel zur Hölle schlägt!“ u.s.w.

Wittich stampfte mit den Beinen vor Wuth, als er diesen Panegyrikus gehört hatte, und befahl dem Claus Jwing die ganze Gemeinde zu Coserow und den eingepfarrten Ortschaften am nächsten Tage, Morgens um 10 Uhr aufs Kloster zu Pudagla zu bescheiden, mit der Verwarnung, daß der Ausbleibende von Henkers Hand solle ausgepeitscht werden. Als Gratification für seine Mühwaltung ließ er ihm einen Scheffel Erbsen reichen, und versprach, es hierbei nicht bewenden zu lassen, falls auch er, so viel an ihm wäre, auf den Ruin und gänzlichen Sturz des armen Pfarrers hinarbeiten würde.

Um sich aber doch einigermaßen den Rücken frei zu halten, hielt er es für nothwendig, ein theologisches Bedenken über die unerhörte Frechheit des Pfarrers zu Coserow in Zeugen Gegenwart aufsetzen zu lassen, und lud zu dem Ende seinen eignen Pfarrer Ehrn Johannes Meißner aus Benz um dieselbe Stunde zu sich, den er für einige erlittene Unbilden schon zu besänftigen und für seine Absicht zu stimmen hoffte. Denn in der That war auch Ehrn Johannes, ebensowenig wie ein anderer Mensch, Wittichs Freund. Als sein nächster Nachbar, war er Zeuge von den oft unmenschlichen Mitteln gewesen, womit dieser Elende sich bereicherte, und selbst das Gut armer Wittwen und Waisen nicht verschonte, Mittel, durch die er es einzig möglich gemacht hatte, sich so hoch zu heben; denn er war von Natur arm, und aus bäurischem Geschlecht entsprossen. Zudem war aber Ehrn Johannes noch persönlich gegen ihn eingenommen; denn wie mit allen Pfarrern seiner Inspection, war er auch mit ihm verfahren. Die Schafe z.B., welche er ihm matrikelmäßig geben mußte, waren jederzeit närrisch; das Meßkorn bestand über die Hälfte aus Trespe, die nicht unbeträchtlichen Geldhebungen waren seit 10 Jahren nicht eingegangen, wobei ihm das Bedrängniß der Zeit als eine willkommene Entschuldigung galt; ein Schulhaus baute er selbst noch nicht auf, als es zusammengestürzt war, und den armen Schulmeister lebenslänglich verwundet hatte; ja, die Niederträchtigkeit seiner Gesinnung ging so weit, daß er dem letzteren noch überdies für gelieferte Tischlerarbeit die Hälfte abzog, weil, wie er sich ausdrückte, „ein Schulmeister doch genug um nichts und wieder nichts verdiene."

Dessenungeachtet ging Ehrn Johannes zu ihm, weil er die Absicht seiner Einladung nicht kannte. Nachdem er sich mit Mühe durch die Gruppen halbnackter Bauern gedrängt hatte, welche sich schon zahlreich vor dem Portal und auf der Flur des Schlosses versammelt hatten, trat er in einen großen Saal, wo ihn Wittich Appelmann empfing. Er war klein von Gestalt, hatte schiefe Säbelbeine, schwarzes, etwas mit Grau vermischtes Haar, und ein so gräßliches Gesicht, daß er kleine Kinder gemeiniglich durch seinen Anblick schon schreien machte, und Leonardo da Vinci keinen Augenblick um einen Judas verlegen gewesen wäre, dafern er diese satanische Fratze gesehen hätte*. Seine Kleidung bestand aus einem hirschledernen Wamms, worüber er einen kurzen spanischen Mantel von schwarzer Seide trug. Sein weißes Halstuch hing in zwei langen, schöngestickten Zipfeln ihm bis auf den Gürtel herab, worin ein kurzer hellpolirter Dolch stak. Die Hosen waren gleichfalls von Hirschleder, und an den Füßen trug er Stiefel mit großen Stulpen, welche nach damaliger Sitte ihm fast um die Enkel schlotterten, und mit blanken messingenen Sporen geschmückt waren.

* Bekanntlich ließ dieser Künstler auf seinem berühmten Gemälde, das Abendmahl, in dem Refectorium der Dominikaner von St. Maria delle Grazie zu Mailand, lange Zeit die beiden Köpfe von Christus und Judas unvollendet, weil er sich für unfähig hielt, den Contrast der höchsten Heiligkeit und der tiefsten Verworfenheit durch den Pinsel auszudrücken.

Sobald er des Eintretenden ansichtig wurde, verzog sich sein Gesicht zu einem freundlichen Grinsen, und mit einer Stimme, die eben so messingen, wie seine Sporen war, schrie er ihm entgegen: „Ei sieh da, Ehrn Johannes! ja, so muß es kommen, wenn Ihr euern alten Freund einmal heimsuchen sollt! Geladen wollt Ihr erst werden, ohne zu bedenken, daß Ihr mir jederzeit willkommen seid! – Doch," unterbrach er sich selbst, „fast mag ich's Euch nicht verargen, wenn Ihr ein wenig auf mich schmollet. Seit Jahren stecke ich in Eurer Schuld. Aber weiß Gott, lieber Freund, das Elend des Krieges hat es mir nicht ohnmöglich machen wollen, Euch zu befriedigen. Jetzt, wo wir ein wenig verschnaufen, ist aber mein erster Gedanke an Euch. Kommt her, lieber Freund! Ich habe gehört, daß meine Schreiber auch die Naturalien Euch in schlechtem Zustande geliefert, und z. B. närrische Schafe und Trespe statt Roggen gegeben haben; sie haben schon meinen Zorn gefühlt, und ich halte es für meine Pflicht, Euch eine Geldvergütigung zu verabreichen!" Und hiermit führte er den Pfarrer zu einem Tische, auf welchem bereits eine Reihe blanker Gulden lag. Dieser konnte vor Verwunderung und Bestürzung über die plötzliche Herablassung und Freigebigkeit des Herrn Hauptmanns kein Wort hervorbringen, sondern begnügte sich damit, das Geld einzustreichen, ihm eine stumme Verbeugung zu machen und sodann wieder zu seinem Hute zu greifen.

„Ei, ei," rief Wittich, indem er ihm den Hut fortriß, „wo wollt Ihr hin? seid Ihr noch böse? setzt Euch doch nieder, Ehrn Johannes! Ein Beichtvater muß auch guten Rath ertheilen können, und den denke ich jetzt von Euch zu empfangen. Sagt mir zuerst, ist es erlaubt einen ehrlichen Mann öffentlich von der Kanzel zu nennen und einen Lotterbuben zu schelten?" „Das glaube ich hat sich noch Niemand erfrecht, und wird es sich jemals erfrechen," antwortete betreten der Pfarrer. „Und doch, und doch," schrie Wittich, „der heillose Pfaffe von Coserow, Abraham Schweidler, hat es sich gegen mich erfrecht! Höret selbst, Ehrn Johannes, und urtheilt, ob je auf Erden solche Schandthat stattgefunden," und indem er die Thür aufriß: „Coserower Bauern, herein, Alle herein, Niemand darf fehlen!"Als sich nun die ganze Gemeinde im Umsehn versammelt hatte, fuhr er fort: „Wer unter euch ist gestern in der Kirche gewesen? der trete hierher in die Mitte des Saals!" Als dies geschehen war, mußte der Kirchenvorsteher Claus Jwing noch einmal das ominöse Fragment der Predigt wiederholen, worauf Alle befragt wurden, ob sich die Sache vorgegebenermaßen verhalte. Da dies nur einstimmig bejaht werden konnte, so schrie Wittich, indem er die rechte Hand in die Seite stemmte, und ein Paar Schritte vorwärts trat: „Nun, Ehrn Johannes, seht Ihr nun, daß das Unmögliche möglich werden kann? Aber der heillose Pfaffe soll mir's schon entgelten. Als meinen Beichtvater und Freund bitte ich Euch nur, mir schriftlich zu bezeugen, was Ihr eben gehört habt, und zugleich Euer theologisches Bedenken über diesen unerhörten Fall abzugeben; denn er ist wirklich so unerhört, daß Se. fürstl. Gnaden, obgleich Sie, ohne Ruhm zu melden, und wie die ganze Welt weiß, mir in Allem volles Vertrauen schenken, doch gerechte Zweifel hegen dürften, ob dergleichen wirklich stattgefunden habe, und stattfinden könne!"

Aber Ehrn Johannes entgegnete ihm mit evangelischem Freimuth: „Das werde ich bleiben lassen, gnädiger Herr! Ich weiß nicht, was Euer Gnaden zu theilen hat mit Ehrn Abraham; das aber weiß ich gar wohl, daß er ein wackrer Mann ist, und nicht ohne Ursach Euch abgekanzelt haben wird!" Fast eben so erstaunt, wie dieser, wenige Minuten zuvor, war Wittich jetzt über das unerhörte Erkühnen des Pfarrers, den er sich durch seine Herablassung und Freigebigkeit auf ewig zum Freunde gemacht zu haben glaubte. Sein Gesicht war, wenn wir so sagen dürfen, eine aufgesperrte Hölle, und mit erstickter Stimme schrie er: „Aus den Augen, aus den Augen! – ich einfältiger Narr! – mein liebes Geld! – Aber wartet, Pfaffen!" –

Ohne diesen Segen abzuwarten, oder sich auf Erläuterungen einzulassen, hatte Ehrn Johannes schon den Saal verlassen, worauf Wittich mit folgenden Worten zu der Gemeinde fortfuhr: „Laßt ihn nur laufen, im Grunde liegt mir auch nichts daran, denn ich werde meine Sache schon selber führen, und ärgert's mich nur, daß ich mich fortgeworfen habe; aber euch, die ihr Alle gehört habt, und eingesteht, daß euer Priester mich, seine und eure von Gott bestellte Obrigkeit, öffentlich gehöhnt und gelästert (denn daß ich nur der Appelmann sein soll und sein kann, sieht wohl Jeder ein), befehle und gebiete ich, kraft meines Amtes, diesem Priester weder Eier noch Würste, weder Brod noch Korn, weder Fische noch Geld von heute an zu liefern; auch braucht und sollt ihr ihm keine Trauung noch Taufe u.s.w. bezahlen, weder sein Haus ihm ausbauen, noch sonst einen Dienst leisten; und wer sich dessen, mir zum Trotz erfrechte, den jage ich bei dem höchsten Gott von Haus und Hof und laß ihn bis auf's Blut geißeln mit Weib und Kind. Göttliche und menschliche Gesetze bestimmen mich, so zu handeln; denn die Schrift sagt: Jedermann sei unterthan der Obrigkeit, die Gewalt über ihn hat. Aber euer Priester hat sich der Obrigkeit widersetzet, darum muß auch er ‚ein Urtheil empfangen.' Und jetzt geht eurer Straßen; aber noch einmal sage ich, nehmt euch in Acht, denn meine Augen schlafen nimmer!"

Und jetzt war die Lage des armen Pfarrers von Coserow wirklich beklagenswerth. Einem Theil seiner Gemeinde kam es ganz recht, von den, für die meisten Menschen immer lästigen Abgaben an den Geistlichen befreit zu werden; ein anderer war zu sehr eingeschüchtert, als daß er es wagte, seinem besseren Gefühle Folge zu leisten, und nur wenig Edeldenkende brachten bei Nacht und Nebel dem guten Seelenhirten und seiner unglücklichen Tochter ein Brod, einen Fisch, und was sonst ihre Armuth vermochte. Die Rührung über diese Anhänglichkeit war nunmehr seine einzige Freude; unerschüttert fuhr er fort für das Reich Gottes zu wirken; tröstete sich selbst mit dem Beispiel seines großen Musterbildes, Jesu Christi; trug oft Tage lang Hunger, und stellte sich krank an, wenn er nur seine geliebte Maria sättigen konnte; besserte mit eigenen Händen, so gut es gehen wollte, seine Hütte aus (die nach alten Acten sogar noch ohne Schornstein war, und nur eine Stube hatte) und hätte eines Morgens fast ganz sein Elend vergessen, als er durch die stille Hand der Liebe einen Theil seines Feldes beackert und besäet fand. Kaum aber war das Gerücht hievon erschollen, und die tröstende Saat nur eben hervorgesprossen, als er wiederum an einem Morgen, wo er durch dies aufopfernde Werk einer rührenden Liebe seinen wankenden Glauben und sein Vertrauen auf's Neue zu stärken gedachte, das ganze Feld verheert und umgepflügt antraf, und, wie er bald darauf tieferschüttert nach Hause ging, seine Maria ihm in Thränen zerfließend mit der Wahrheit entgegen kam, daß auch ihre einzige Kuh die Nacht im Stall erschlagen sei. Hiedurch auf's Aeußerste gebracht, setzte er sich nieder, und theilte dem Herzog Bogislav von Pommen in 19, von ihm sogenannten *gravaminibus* sein namenloses Elend mit, welche wir hier übergehen zu dürfen glauben, um das Gefühl unserer Leser nicht zu sehr in Anspruch zu nehmen.

Der Brief wurde als Beilage an einen entfernten Verwandten gesandt, welcher in der fürstlichen Canzelei zu Franzburg arbeitete, wo Bogislav damals residirte; allein, obgleich es keinem Zweifel unterworfen ist, daß er an den Ort seiner Bestimmung gelangte, so ist doch niemals darauf, so viel wir wissen, eine Antwort erfolgt; denn Herzog Bogislav war ein alter schwacher Mann, welcher zufrieden war, wenn er die Einquartierungsgelder für die kaiserlichen Truppen herbeitrieb, und sich wenig um die Regierung des Landes bekümmerte, woher es denn kam, daß, wie schon oben gesagt, hie und da eine förmliche Anarchie eingerissen war, und manche Beamte ganz nach ihrer Willkür verfuhren.

Daher wuchs das Leiden des armen Pfarrers mit jedem Tage. Alle seine Hoffnungen wurden vereitelt, und wenn auch die rührende Anhänglichkeit mancher Edlen ihn je zuweilen das drückende Gewicht seines Kummers verschmerzen ließ, so verbitterte doch desto häufiger die schwärzeste Niederträchtigkeit, welche im Vertrauen auf den Schutz und die Belohnung des rachesüchtigen Wittichs schon immer mehr anfing, offenbar gegen ihn zu Werke zu gehen, sowie der schreiende Undank des Claus Jwing, welcher nur durch seine Vermittlung in sein gegenwärtiges Amt gekommen war, und der, wie es sich später ergab, nicht blos der unmenschliche Zerstörer des Saatenfeldes, sondern auch der Mörder seiner letzten Kuh gewesen war, dermaßen das Leben des Unglücklichen, daß er schon auf den Gedanken gerieth, sein Haus und Hof zu verlassen, und an der Hand der geliebten Tochter sich auf den Weg zu machen, um die Gerechtigkeit seines Fürsten anzuflehen: als eines Nachmittags, wo er in eine Ecke seines elenden Zimmers gekauert diesen Entschluß überdachte, die holde Maria, welche in den nahen Streckelberg gegangen war, um Brombeeren für die karge Abendkost zu pflücken, ihm ungewöhnlicher Weise mit verklärten und freudeblitzenden Augen entgegentrat: „Freuet Euch, theurer Vater“ rief sie aus: „*post nubila Phoebus*; der Herr hat uns wunderbar gesegnet, denn kommt, und sehet her!“

Und hiemit schüttete sie den Korb voll Brombeeren, den sie in den Händen trug, zur Hälfte auf einen nebenstehenden Tisch, und ließ ihn nun auf dem Boden desselben mehrere Stücke Bernstein erblicken, von welchen das beträchtlichste die Größe eines Knopfes hatte. „Herzenskind,“ schrie der entzückte Vater, indem er sie mit Thränen in den Augen in seine Arme schloß, „woher kömmt dieser Segen Gottes?“ Hierauf versetzte das holde Kind: „Als ich in den sandigen Schluchten des Berges nach Brombeerstauden suchte, gewahrte ich plötzlich eine vom Winde, mehrere Ruthen lang, freigewehte schwärzliche Ader*, aus der mir etwas Blankes in der Sonne entgegenschimmerte. Verwundert trete ich hinzu, und sehet, guter Vater, was ich fand! Aber dies ist lange nicht der ganze

Segen! nein, hundertmal könnte ich meinen Korb noch wohl anfüllen. Nur die Furcht, entdeckt zu werden, und noch mehr die Sehnsucht, Euch meine Freude mitzutheilen, ließen mich sobald von dannen eilen. Doch habe ich die Ader zuvor wieder klüglich mit handhohem Sande bestreut, und mir die Stelle durch einen Stein bezeichnet." „Nun Gott sei Dank, dem gütigen Gott sei Dank!" rief der gerührte Pfarrer, „er, der die jungen Raben speiset, hat auch Unser noch nicht vergessen!"

„Aber ach, wie wollen wir diese Schätze vor unsern Feinden verheimlichen, und wie, und wo sie einlösen, um Brod zu gewinnen?" unterbrach ihn die besorgte Tochter. „In Wolgast oder Usedom dies zu thun, wäre zu unsicher; denn gar bald dürfte man die Quelle unsers Erwerbes entdecken, und sie für sich benutzen. Auch am hellen Tage, und mit einem Male unsre Fundgrube zu leeren, möchte nicht räthlich sein. Was meint Ihr daher, lieber Vater, wenn ich in den hellen Mondnächten nach und nach dies thäte, und mit einer Schaufel versehn mich heimlich durch unsern Garten auf's Feld und so in den nahen Wald schliche?" „Das können wir noch immer bedenken," entgegnete der ernste Vater; „für jetzt laß uns nur bedenken, daß Gott es war, der uns so wunderbar gesegnet, und beuge mit mir deine Kniee vor unserm Erbarmer!" Es geschah; beide knieeten auf das kalte Lehmestrich hin, und wie eine verklärte Heilige hob das unschuldige Geschöpf ihre Augen gen Himmel, und sprach mit wehmütiger Inbrunst die Worte nach, welche der gerührte Vater vorsprach. Die Unglücklichen! sie ahnten nicht, daß die Quelle ihrer Freuden sich bald in eine Quelle von Leiden verwandeln würde, gegen welche die überstandenen kaum eine leichte Prüfung zu nennen waren!

* Noch bis auf den heutigen Tag findet man zuweilen nach heftigen Stürmen in dem hiesigen Streckelberge solche sogenannte Bernsteinadern, in welcher dies, seinem Ursprunge nach so problematische Mineral enthalten ist. Die schwarze Kohlenerde jedoch, in der es sich immer findet, scheint mit Gewißheit auf seinen vegetabilischen Ursprung zu deuten.

Als Beide so ihr Herz vor Gott ausgeschüttet hatten, erwog der Vater die Rathschläge seiner Tochter näher, und es schien auch ihm, daß man bei dem Umsatz ihres glücklichen Fundes das tiefste Geheimniß beobachten müsse. Nach kurzem Besinnen glaubte er daher am besten zu thun, wenn er sich dieserhalb an einen alten Bekannten, den Kaufmann Simon Meier in Hamburg, wendete. Um aber bei seinen Drangsalen so bald als möglich in den vollen Besitz einer angemessenen Geldsumme zu gelangen, besuchte er in den drei nächsten Nächten in Begleitung seiner Tochter die goldene Fundgrube seines gehofften Glückes, und entdeckte hier auch bald eine solche Menge des köstlichsten Bernsteins, daß er schon für die erste Sendung, nach Verlauf von wenigen Wochen, 1000 Gulden rhein., eine für die damalige Zeit außerordentlich beträchtliche Summe, auf dem angegebenen Wege bezog.

Sein erster unüberlegter Schritt war jetzt, sein Haus zu bauen, sich Pferde und Wagen, Knechte und Mägde anzuschaffen, seinen Acker zu bestellen und zu besäen, Feldwärter gegen weiteren Unfug zu bedingen, sich mit seiner Tochter anständig zu kleiden, u.s.w. Kurz der Wohlstand und die Freude schienen wieder unter sein gastliches Dach zu kehren, und mit ihnen die freundlichen Musen der Tiber. Aber, wiewohl die Sonne zuweilen, nach schweren Wettern, eine kurze Zeit in voller Schöne strahlt, bis sie bald darauf noch schwärzere Wolken verhüllen: so die Sonne seiner Freuden und seines Glückes. Niemand in der ganzen Gegend konnte begreifen, woher dem armen Pfarrer dieser plötzliche Segen gekommen, und so viel Mühe sich auch Wittich Appelmann gab, das Geheimniß zu ergründen, es wollte ihm nicht gelingen. Fragte man jenen darnach, was, und zumal von bedrängten Gewissen, häufig geschah, so suchte er sich durch allgemeine Antworten zu helfen, als: wem Gott wohl will, dem giebt er's im Schlafe; ist die Noth am größten, ist die Hülfe Gottes am nächsten u. s. w., denn seine strenge Gerechtigkeits- und Wahrheitsliebe hielt auch die unschuldigste Nothlüge für sündlich. Eben so geheimnißvoll zeigte sich Maria, und verwies die ungestümen Frager jedesmal an den Vater. Daher war es denn kein Wunder, daß sich in dieser dunklen Zeit der Glaube verbreitete: nur durch die Hülfe des Satan könne der Pfarrer zu Coserow seinen plötzlichen Wohlstand erworben haben, welcher Glaube daran einen mächtigen Halt fand, daß mehrere alte Weiber seine Tochter Maria um Mitternacht wollten auf dem Felde gesehen und sprechen gehört haben.

Alle diese Umstände wußte Wittich Appelmann trefflich zu benutzen, um dem armen Pfarrer noch eine tiefere Grube zu graben. Doch ging er für's Erste so heimlich wie möglich zu Wege, verbot auch Allen, welche ihm jene Nachrichten hinterbrachten, davon öffentlich und laut zu sprechen, weil man vielleicht einen Unschuldigen in Verdacht habe, und dies eine Sache sei, wovon Himmel und Seligkeit abhänge. Seine Absicht war aber dabei, erst mehrere scheinbare Beweise für die Schuld des Pfarrers zu sammeln, und zu dem Ende ließ er ihn durch Claus Jwing und einige andere Creaturen heimlich und auf das Strengste bewachen, ohne daß die Herzenseinfalt des guten Pfarrers hievon das Geringste ahnte.

In solcher Gährung waren die Gemüther der Gemeinde zu Coserow und der Umgegend, als Donnerstags den 25. Juni 1630 der große Schwedenkönig Gustav Adolph auf der Rhede von Peenemunde die Anker warf. Das Gerücht hievon verbreitete sich schnell, gleich einem Lauffeuer, durch das ganze Land, und zugleich hieß es, daß seine Flotte die Insel Usedom bis zur Swine umkreuzen, er selbst aber den Tag darauf mit einigen hundert Mann Bedeckung den Weg bis dahin zu Lande machen würde. Hiebei mußte er nothwendig Coserow berühren, wohin denn Alles von nah und ferne zusammenströmte. Unendlich war der Jubel des Volks, und um so unermessener seine Freude, als ihm die wunderbare Landung des längstersehnten Monarchen an eben demselben Tage, an welchem die ganze evangelische Christenheit das Jubelfest der Uebergabe der Augsburgischen Confession an Kaiser Karl V. gefeiert hatte, ein prophetischer Wink der Vorsehung schien, daß die evangelische Freiheit von nun an glorreich und herrlich siegen werde.

Auch Ehrn Abraham Schweidler hatte kaum seine Jubelpredigt geendigt, welche, beiläufig gesagt, um vieles erbaulicher gewesen sein soll, als die ominöse Apostrophe am 3. Sonntage nach den heiligen drei Königen; als er von der Kanzel auf den Pegasus stieg, und in einem lateinischen Gedicht, welches die liebliche Maria declamiren und überreichen sollte, den Helden Gottes auf deutschem Boden willkommen hieß. Oft wurde er von dem Freudengeschrei des, die ganze Nacht hindurch hinzuströmenden Volkes unterbrochen; doch gegen Morgen endlich war das schwierige Werk vollbracht, und mit wohlgefälligem Lächeln gab er das zierliche Manuscript seiner Tochter zum Memoriren. Zwar war der holden Dirne zu Muthe, als ob sie in den Tod gehen solle, wenn sie sich den hohen Fürsten gedachte, vor den sie nach wenigen Stunden, von tausend Augen begleitet, werde treten müssen; doch aus Liebe zu ihrem Vater gab sie schweigend nach, und ihr glückliches Gedächtniß hatte auch schon nach wenigen Stunden das Gedicht aufgefaßt.

Hierauf ging sie, sich mit einem geschmackvollen Kleide zu schmücken, das der Vater nur vor wenigen Tagen für sie aus Hamburg hatte kommen lassen. Es bestand aus grünem Sammt mit purpurrothen Litzen, wozu ein weißer Kragen von den feinsten brabanter Spitzen gehörte, der von einer goldenen Schnur zusammengehalten wurde, davon reiche Quäste ihr bis unter den schönen Busen herabhingen, und reizend sich mit jedem Athemzuge auf und nieder bewegten. Ihre blonden Haare, welche nie die lästige Hand der Kunst verunstaltet hatte, rollten ihr in natürlichen Locken um die Schultern, und ein Kranz von Vergißmeinnicht krönte die wunderliebliche Stirne.

So geschmückt, und in einer Hand das Manuscript und eine Rosenguirlande, mit der sie die Füße des königlichen Retters umwinden wollte, reichte sie die andere dem glücklichen Vater, welcher in feierlicher Amtstracht sich um zehn Uhr des Morgens mit ihr nach dem Streckelberge begab, wo der Adel, der größte Theil der Geistlichkeit und fast die halbe Bevölkerung der Insel Usedom zusammengeströmt war, und mit gespannten Blicken gen Nordwesten schaute. Die königliche Flotte, welche in weiter Meeresferne sich um das weiße Eiland „der Ruden" gleich einer blauen Stadt emporthürmte, bot zwar der Phantasie eines Jeden genug Beschäftigung dar, aber als unser Pfarrer mit dem holden Engelskopfe Maria's aus dem untern Bergwalde hervortauchte, und sich der waldlosen Kuppe nahte, worauf die zahllose Menge versammelt stand: da war kein Auge, welches nicht minutenlang auf der lieblichen Erscheinung gehaftet hätte, die zu seiner Linken ging.

Besonders aber war Rüdiger von Neuenkirchen, ein junger Edelmann der Gegend, ganz im Anschauen verloren, und Wittich Appelmann selbst so sehr betroffen, daß er kaum seinen Ohren trauen wollte, als ihm Claus Jwing zuraunte: „die wäre die verrufene Hexe von Coserow!" Eben so ging es einem großen Theil des Volks, das mit Geflüster die Köpfe zusammensteckte: denn der Gewalt der Schönheit müssen Engel wie Teufel huldigen, und das Herz des Menschen ist oft weit vernünftiger als sein Kopf. Darum konnte sich auch Wittich nicht enthalten, dem Pfarrer entgegenzurufen: „Ei, ei, Ehrn Abraham, welche schöne Tochter Ihr habt!" – Aber dieser antwortete ihm nicht, sondern wandte nach einer Verbeugung an die Gesellschaft seine Augen auf's Meer und die ferne Flotte. Wittich bereuete seine Worte, doch um nicht verlegen zu scheinen, fuhr er fort: „Aber, was soll das Papier, welches die kleine Hexe da in den Händen hält?"

„Den König bewegen," antwortete jener, ohne das Haupt zu wenden, „daß er Euch endlich einmal den Appel zum Galgen schlägt!" Hier entstand ein lautes Gelächter, und Wittich, der sich jetzt zum ersten Male in seinem Leben eine gewisse Furcht anwandeln fühlte, unterdrückte seine aufwallende Wuth, und suchte den Hieb im scherzenden Tone zu erwiedern, indem er dem Pfarrer mit folgenden Worten auf die Schulter klopfte: „Aber, dann kommt Ihr doch mit, Ehrn Abraham!“ „Ja,“ versetzte heftig dieser, „wenn ich Euch den Strick um den Hals knüpfen soll, in Gottes Namen; denn Euer Athem stinkt schon längst nach Schwefel, und Eure Beine stehen schon jetzt wie die Ofengabel des Satan!“ Jetzt sprang Maria, mit welcher Rüdiger von Neuenkirchen ein Gespräch angeknüpft hatte, ganz durchdrungen und begeistert von der Anmuth des Mägdleins, zu dem zornigen Vater heran, und flehte, indem sie sich auf die Zehen hob, und ihm die Wangen streichelte: „Ich bitte Euch, Herzensvater, mäßigt Euch, und seid nicht so heftig!“ Hiebei wurden ihre schönen Waden sichtbar, und die Gluth der Leidenschaft, welche sich bei diesem Anblick in Wittichs Herzen entzündete, hielt der seines Zornes gewissermaßen das Gleichgewicht.

Darum wandte er sich ziemlich gemäßigt an die Versammlung: „Ihr seid Zeugen, meine Herren, wie mich dieser Priester behandelt, wenn es ihm vielleicht einfallen sollte, mich bei Sr. Majestät zu verleumden.“ Aber seine ängstliche Vorsorge war diesmal vergebens; denn ein Reisender brachte die, für den größten Theil der Versammlung so niederschlagende Nachricht mit, daß Se. Majestät sich anders bestimmt hätten, und noch heute mit der Flotte, die Sie nicht verlassen würden, ihren Weg fortzusetzen gedächten.

Und wirklich sah man auch gegen 1 Uhr Nachmittags sich die dunkle Segelmasse am fernen Horizont entwickeln. Sogleich sandte Ehrn Abraham in’s Dorf hernieder, die Glocken zu läuten, und als darauf bald die prachtvolle Flotte immer näher schwamm, und unter den 150 Schiffen, welche man zählte, sich dasjenige, welches den König trug, nicht blos durch seine Größe und den Vorsprung, den es vor den andern hatte, sondern besonders durch die majestätische Reichsflagge, deren goldene Fransen prachtvoll in der Sonne schimmerten, und die wie ein bunter Phönix über den blauen Wellen hing, – jedem Auge kenntlich machte, und nun von allen Seiten ein lautes, unendliches Jauchzen sich erhob; bedräuete der ernste Pfarrer die ausgelassene Menge, und stimmte ein *Te deum* an, in welches denn auch sogleich, wie von Einem Geiste getrieben, die ganze Versammlung einfiel, und das tausendfach von dem Echo in den Schluchten des Berges wiederholt wurde. Nach Beendigung des grüßenden Preisgesanges war das königliche Hauptschiff bereits so nahe gekommen, daß es in der Entfernung eines guten Flintenschusses vom Ufer unter den Füßen der Versammlung vorbeisegelte. Man konnte auf dem Decke Alles deutlich gewahren, und als man unter der Menge von Officieren und Matrosen, die hier standen, und mit zurückgebogenem Kopfe aufwärts schauten, in einer der edelsten Gestalten, welche mit goldschimmernder Rüstung bekleidet an den großen Mast lehnte, und durch einen Tubus emporsah, den König zu erkennen glaubte, da erwachte abermals unermessener Jubel. Alles schwenkte Mützen, Hüte und Tücher, und schrie in rührender Freude durcheinander: *Vivat,* der große Gustav Adolph, *victoria* unserm Befreier, *vivat, victoria, vivat!*

Auch die holde Maria nahte sich dem Abhange des Berges, beugte sich seliglächelnd hinüber, spreitete die schönen Arme vornüber, zwischen denen sie die Rosenguirlande hielt, die sie bald hob und senkte mit freundlicher Anmuth; nahm sich darauf den Vergißmeinnichtkranz aus den Haaren, und warf beides, Kranz und Guirlande, in den Abgrund, wo sie denn auch nach wenigen Secunden das Meer erreichten. Jetzt setzte das königliche Admiralschiff plötzlich ein Boot aus, worin 8 bis 9 Ruderer stiegen. Alles verwunderte sich über diese Erscheinung, bis Wittich Appelmann mit gewichtiger Miene rief: „Gewiß wollen Se. Majestät hier die Obrigkeit des Landes sprechen," und mit den Worten: „Warte, Pfaff, jetzt werde ich dir ein Loblied singen!“ hastig auf dem Hintern den Berg hinunter zu rutschen anfing. Er war aber noch nicht weit gekommen, als ihm der Degen zwischen die Beine kam, und unser ehrsamer Hauptmann, da er einmal in der Fahrt war, einen solchen Burzelbaum machte, daß er wohl 6 Klafter über Kopf in die Tiefe schoß, und sicher keines weitern Appels zur Hölle bedurft hätte, wenn es sein gutes Geschick nicht so fügte, daß er auf einer lockern Sandscholle zu Boden traf. Jetzt erhob sich ein lautes, schadenfrohes Gelächter, das, wie man deutlich hörte, auch auf der königlichen Flotte beantwortet wurde. Aber Wittich raffte sich schnell wieder auf, so gut es gehen wollte, zog den Degen, und suchte sich seiner fortan als Stütze zu bedienen, um nicht abermals ein ähnliches Skandalon zu geben. Doch war seine Mühe vergebens; denn ehe er noch den Fuß des Berges erreichte, war der Kahn schon wieder vom Ufer gestoßen, und bald darauf hob der goldene Ritter seinen ersten deutschen Kranz winkend in die Höhe, daß Maria von einer holden Röthe übergossen wurde, ihr Vater mit Thränen in den Augen gen Himmel sah, die ganze Versammlung von tiefem Erstaunen ergriffen wurde, und Wittich Appelmann, Gesicht, Hut und Mantel noch ganz voller Sand, mit vorgestrecktem Fuße dastand, und nicht wußte, wie ihm geschehen war. Vom abermaligen Gelächter der schadenfrohen Menge erweckt, stürzte er sich endlich vollends den Berg hinunter, und hatte nun trotz allem seinen Aerger noch den neuen Verdruß, das hohe Ufer eine halbe Meile zu Fuß umgehn zu müssen; eine Motion, welche er sich seit zwanzig Jahren nicht gemacht hatte, und die ihm jetzt bei seinen verstauchten Gliedern vollends unerträglich wurde.

So endigte dieser merkwürdige Tag, dessen Gedächtniß sich noch auf die spätesten Enkel verpflanzte, und der hier um so weniger übergangen werden durfte, als durch ihn das entsetzliche Leiden der liebenswürdigen Pfarrerstochter noch mit schnelleren Schritten herbeigeführt wurde. Wittich nämlich, bei dem sich Haß und glühende Leidenschaft, wie gesagt, das Gleichgewicht hielten, entschloß sich, alle Mittel aufzubieten, so bald als möglich einen recht scheinbaren Beweis für die Zauberkünste der Unglücklichen aufzufinden, um ihr sodann die Wahl zwischen einem schmerzlichen Tode und seiner Begierde lassen zu können. Dies hielt er zugleich für die beste Rache an dem verhaßten Pfarrer, denn er zweifelte keinen Augenblick, daß die Sache ihm nach Wunsch gelingen würde. Zu dem Ende nahm er noch an demselben Abend eine lange Rücksprache mit dem Kirchenvorsteher Claus Jwing, und beredete ihn unter großen Versprechungen mit mehreren Zeugen, der Maria bei ihren nächtlichen Wanderungen heimlich nachschleichen zu wollen, was bis dahin, aus Furcht vor dem Satan, noch Niemand gewagt hatte.

Und die Gelegenheit hierzu bot sich nur zu bald dar. Denn, da unser Pfarrer seinem hamburger Freunde mit dem ehesten eine neue Sendung Bernstein versprochen hatte, so ging Maria schon in der nächsten Nacht, wo der Vater zu einem entfernten Kranken gerufen war, trotz seinem Verbote, allein und ohne Begleitung, mit einer kleinen Schaufel in den niedlichen Händchen, und in einen schwarzen Mantel gehüllt, aus der Hinterpforte ihres Gartens dem nahen Streckelberge zu. Zwar machte sie oft diesen Weg allein, weil der Pfarrer befürchtete, so zu ungelegener Zeit einmal von dem Gesinde, oder rath- und trostbedürftigen Gemeindemitgliedern vermißt zu werden; dann pflegte er aber vor dem offenen Fenster Wache zu halten, um ihr bei dem ersten Ruf beispringen zu können, falls ihr einmal etwas Feindseliges zustoßen sollte; denn die Entfernung war, wie gesagt, äußerst geringe. – Kaum hatte nun Claus Jwing mit seinen drei Consorten, Christian Krüger, Jürgen Labahn und Peter Tittelwitz, aus einem benachbarten Krautgarten, wo sie Wache hielten, die schreckliche Hexe gesehen, als sie ein kalter Schauder überlief, und einer nach dem andern Reißaus nehmen wollte. Doch gelang es endlich dem Claus Jwing durch abermalige Vorspiegelung ihres zu erwartenden Glückes die Erschrockenen zum Stehen zu bewegen; worauf sich denn Alle von unten bis oben bekreuzten, dreimal das *Gratias* und Vaterunser beteten, und nun mit hochklopfendem Herzen, mit hervorquellendem Angstschweiß und geducktem Rücken dem reinen Engel von Ferne folgten.

Gleichzeitig mußte es sich aber so treffen, daß auch Rüdiger von Neuenkirchen, der, wie wir oben bereits bemerkten, ganz von der Anmuth und dem Liebreiz Maria's hingerissen war, bei dem allen aber gleichwohl noch an den Vorurtheilen seines Jahrhunderts klebte, sich mit eigenen Augen von der Wahrheit der nächtlichen Wanderungen und Teufelsbeschwörungen der eben so geliebten als gefürchteten Dirne überzeugen wollte, und zu dem Ende in einen dichten Wolfspelz gehüllt, und das Haupt mit einer rauhen Bärenmütze bedeckt, sich seit mehreren Stunden schon auf dem Streckelberge versteckt hatte, wo, wie es hieß, die böse Hexe insonderheit ihre nächtlichen Umgänge zu halten pflegte.

Schon wollte er, des vergeblichen Harrens überdrüßig, für dieses Mal wieder umkehren; als er kurz nach Mitternacht Tritte rasseln hörte, und bald in naher Entfernung sich die Zweige zertheilen und eine schwarze Gestalt hervortreten sah, welche er sogleich für die liebliche Erscheinung vom gestrigen Tage erkannte. Doch jetzt, an diesem Orte und zu dieser Stunde fühlte er sich wechselweise abgestoßen und hingezogen; ein heißer Angstschweiß trat auch ihm vor die Stirne; er drückte sich fester hinter seinen Baum, ihre Schuld schien ihm schon halb entschieden, und voll von Verzweiflung, Liebe, Abscheu, Furcht und Hoffnung schielte er mit hochklopfendem Herzen aus seinem Hinterhalt hervor. –

Die Schöne hatte nicht sobald den freien, mondenhellen Bergesraum betreten, als sie sich erst nach allen Seiten sorgsam umsah, und da sie Niemand zu gewahren glaubte, ihren Mantel abwarf, ihm sich nun bis auf wenige Schritte in einem niedlichen Nachtgewande näherte, und in dem lockeren Sande zu schaufeln anfing. Kaum hatte sie dies eine Zeitlang getrieben, als eine schwarze Erdader sichtbar ward; worauf sie gleich niederkniete, und mit Hülfe eines Messers mehrere glänzende Gegenstände daraus hervorbrach, welche Claus Jwing und Consorten für pures blankes Gold hielten, der nähere Rüdiger aber sogleich für Bernstein erkannte.

An dieser Beschäftigung schien aber ihre Seele wenig oder gar keinen Antheil zu nehmen, sondern noch ganz in die Vorstellung des vorigen Tages versunken zu sein; denn sie wiederholte vor sich folgende lateinische Distichen aus dem Schlusse des väterlichen Gedichts, welche wir der Vollständigkeit wegen hierher setzen wollen:

Tempus erit, quo tu reversus, hostibus ultor,
Intrabis patriae libera regna meae;
Tunc meliora fluent nostrae tibi carmina musae,
Tunc tua, maxime rex, Martia facta canam.
Tu modo versiculis ne spernas vilibus ausum
Auguror, et res est ista futura brevi!
Sis felix, fortisque diu, vive, optime princeps,
Omnia et ut possis vincere dura: Vale.

Das heißt:

Einst wird kommen die Zeit, wo du, siegfreudiger Rächer,
Wirst heimkehren zur Flur dieses befreieten Volks;
Dann, ein besseres Lied bringt dir die Muse des Sängers,
Denn sie preiset, o Herr, deine heroische That!
Drum, verachte ihr heut nicht dies verwegene Stammeln:
Sie weissaget ja nur dein nahwaltendes Glück.
Geh, leb wohl! sei tapfer und stark, o bester der Fürsten,
Daß du alles besiegst, selber das harte Geschick! – –

Zum guten Glück verstand Rüdiger Latein genug, um diese Worte augenblicklich zu deuten, und sie nicht wie Claus Jwing und Consorten für eine Teufelsbeschwörung zu halten.

Er schämte sich daher von ganzem Herzen seines thörichten Verdachtes, und statt der Furcht, die bisher mit Liebe untermischt seine Brust umschnürt hatte, fühlte er sich nun ganz und plötzlich von einer solchen Leidenschaft durchdrungen, daß, als Maria das neben sich stehende Körbchen mit den glitzernden Brocken gefüllt, darauf die schwarze Erdader wieder mit weißem Sande beschaufelt und geebnet hatte, und nun sich bückte, um mit ihrer köstlichen Ausbeute den Heimweg anzutreten – der feurige Jüngling, mit Recht wähnend, daß Ort und Stunde seinen Wünschen niemals gelegener kommen könne, sich plötzlich aus seinem Hinterhalt hervor, und zu den Füßen der Erschrockenen stürzte.

Die arme Dirne schrie vor Entsetzen laut auf bei seinem Anblick; aber noch größer war das Entsetzen von Claus Jwing und seiner Sippschaft, welche jetzt den Erzfeind der Menschen in lebendiger Gestalt zu erblicken glaubten, und nicht geblieben wären, wenn man ihnen auch die ganze Welt mit allen ihren Schätzen versprochen hätte. So flohen sie schnell und ungehalten mit klappernden Zähnen und athemlos durch Rusch und Busch davon. Als inzwischen Rüdiger sah, wie heftig das holde Kind erschrocken war, riß er sich hastig die zottige Mütze von dem schönen Lockenkopfe und sprach: „Ihr werdet den Verwegenen erkennen, holde Jungfrau, der, seit Euch gestern seine Augen ersahen, für Nichts mehr sich zu leben sehnet, denn einzig für Euch. Verzeihet den Schrecken, den meine Erscheinung Euch verursacht. Ich hörte von Euren nächtlichen Wanderungen auf diesen Berg, und da hielt ich keinen Ort gelegener, Euch meine glühende Leidenschaft zu gestehn, als diesen. Ach! sag' mir nur ein Wort der Hoffnung, Du freundlich Begrüßte des größten Königs, Du dreimal seliger, nur von dem blinden und unsinnigen Pöbel verkannter, reiner, unschuldiger Gottesengel Du, und keine Macht der Hölle soll stark genug sein, Dir jemals zu schaden, oder sich meiner Liebe zu widersetzen, die weder die Bande der Knechtschaft, noch des Todes besiegen werden!“

Während dieser feurigen Apotheose, die nur halb von Maria verstanden wurde, war das holde Kind wieder einigermaßen zu sich selbst gekommen, und antwortete ihm, obgleich noch immer zitternd vor Angst und Schrecken: „Ich weiß nicht, gestrenger Herr, was ich zu Eurem seltsamen Betragen sagen soll. Allerdings habt Ihr mich in den Tod erschreckt, und um so mehr, da ich zweifle, daß Eure Absicht die reinste ist; denn Ihr wißt, daß ich nur die Tochter eines armen und verfolgten Pfarrers bin!“ „O Holdselige,“ rief jetzt der Jüngling aus, indem er ihre sträubende Hand fast mit Gewalt ergriff, und sie mit glühenden Küssen bedeckte, „habt Ihr kein weiteres Bedenken, als den nichtigen Unterschied des Standes, so schwöre ich Euch bei dem lebendigen Gott, daß dieser kein Hinderniß unserer Liebe sein soll, was auch vielleicht meine Aeltern und Verwandte dawider hätten! Ach, sprecht nur ein tröstendes Wort! die allergeringste Hoffnung, die Ihr mir geben könnet, ist schon ein Schritt zu meinem größten Glücke, zu Euch, mein unaussprechlich ersehntes Glück!“

Maria, welche so den schönsten Jüngling der Insel zu ihren Füßen und sich mit solcher Gluth der Leidenschaft nicht angeredet, sondern angebetet sah, fühlte zum ersten Male in ihrem Herzen ein süßes Regen und Zucken, das sie früher nie gekannt hatte; doch schnell die Gefahr dieses Gefühls erwägend, trat sie mit weislicher Besonnenheit zurück und rufte dem noch immer Knienden zu: „Um Alles steht auf und verlaßt mich! denn was Ihr auch sagen mögt, die Kluft, welche uns trennt, ist zu groß, als daß Ihr sie überspringen könntet, und wenn selbst Eure Aeltern einwilligten, so wird es mein Vater nicht!“ „Ich nehme Alles auf mich, ich werde Alles ertragen, nur nicht Euren Haß, Eure Verachtung,“ entgegnete in schmerzhaftem Tone der Jüngling. „Ach, Maria, nur ein Wort, nur ein einziges Wort der Hoffnung, und Ihr wappnet meinen Busen gegen alle Stürme und Angriffe des neidischen Geschicks!“ – „Ach! macht mich nicht noch unglücklicher mit meinem alten Vater, wie wir es so schon sind,“ rief mit hervorbrechenden Thränen das arme Kind. „Geht, guter Herr, und saget Niemand, wo und wie Ihr mich getroffen. Längst hätte ich mit meinem Vater vor Hunger sterben müssen, auf's Blut verfolgt von dem unmenschlichen Wittich, wenn Gott, der stets die Unschuld schützt, nicht zufällig meine Schritte auf diese einzige und letzte Quelle unserer Erhaltung geleitet hätte. Darum thut es Noth, sie so zu verheimlichen; denn der Feind unseres Glücks und unserer Ruhe wacht mit hundert Augen. Noch einmal flehe ich, geht, geht! vergeßt die unglückliche Maria, und können Euch ihre Thränen erweichen, so verrathet sie nicht und gebt sie abermals mit ihrem grauen Vater dem Hungertode preis!“

Nach diesen Worten griff sie schnell zu ihrem Korbe und war plötzlich, eh' er sich's versah, in den nahen Wald verschwunden. Der Jüngling stand wie versteinert, und wenn seine Liebe noch hätte können erhöhet werden, so würde es durch dies rührende Geständniß der leidenden Unschuld geschehen sein. Die Thränen rannen auch ihm die Wangen herunter, und mit der Gluth einer heftigen Leidenschaft hatte sich zugleich das innigste Mitleid seines weichen Herzens bemächtigt. Die Unglückliche schien kaum das schreckliche Gerücht zu ahnen, das gegen sie im Gange war. Er wollte ihr schon nachfolgen, wollte ihr die Verworfenheit ihres Verfolgers enthüllen; allein er fürchtete ihr zartes Herz auf's Neue zu verwunden. Nichts Besseres glaubte er für den Augenblick thun zu können, als für sie zu beten; und das that er denn, indem er sich mit heißen Thränen auf seine Knie warf. Darauf bestieg er sein nahes Roß und dachte unterwegs auf tausend Mittel, in den Besitz der heißgeliebten Dirne zu gelangen und ihre Ehre vor der Welt zu retten.

Wir überlassen ihn indeß seinem Schicksal und folgen dem Gegenstande seiner schwärmerischen Gedanken. Maria's Thränen flossen noch immer, als sie schon den Wald verlassen hatte, und so sehr sie sich selbst auch zu bereden suchte, daß sie nicht liebe, so oft sie sich auch die Unmöglichkeit einer Verbindung mit dem vornehmen Jüngling dachte, so sehr sie auch all ihr Scham- und Ehrgefühl bei dem Gedanken zu Hülfe rief: schon in einer Stunde besiegt zu sein, und so heftig sie sich auch bemühte, ihren Zorn gegen den Verwegenen zu entflammen: das warme, weite, wallende Herz ließ sich nicht bezwingen, und sie hatte und behielt nur einen Gedanken: „Ihn!" In dieser Seelen- und Gemüthsstimmung war sie an die Pforte ihres Hintergärtchens gekommen, und jetzt erst, beim Anblick des Hauses, fiel es ihr ein, sich zu fragen, ob sie dem Vater das gehabte Abenteuer mittheilen solle oder nicht. Allein hätte sie auch nicht gegen sein ausdrückliches Verbot die nächtliche Fahrt unternommen, die Scham würde ihr schon die Lippen verschlossen haben. Daher beschloß sie aus doppeltem Grunde ihm ihr erstes und süßestes Geheimniß zu verhehlen, zumal als sie auch fand, daß er noch nicht zurückgekehrt war.

Wie groß war aber ihr Entsetzen, als am folgenden Morgen gegen 10 Uhr, wo sie mit dem Vater bei einem frugalen Morgenessen saß, ein Wagen mit bewaffneten Gerichtsdienern vorfuhr, welche kaum das Zimmer betreten hatten, als sie dem unglücklichen Pfarrer einen schriftlichen Befehl von Wittich Appelmann vorzeigten: seine wegen Zauberei verklagte Tochter zu verhaften und auf's Schloß Pudagla im Guten oder mit Gewalt, und geschlossen abzuliefern. Maria fiel gleich mit einem Schmerzensschrei in Ohnmacht, und der vernichtete Vater stand stumm und regungslos da, das schreckliche Papier fiel ihm aus den Händen und eine Todesblässe überzog sein ganzes Gesicht.

Nachdem er wieder zu sich selbst gekommen, schrie er in unglaublicher Wuth: „Wer, ihr heillosen, gottverfluchten Buben, wagt es, mich oder mein Kind anzurühren? O Schande, o Niederträchtigkeit, o teuflische Abscheulichkeit sonder Gleichen! Geht hin und sagt eurem gottverfluchten Herrn, daß er nicht im Stande wäre, weder mich noch mein Kind zu richten, und daß nur Se. fürstl. Gnaden meine von Gott bestellte einzige Obrigkeit sei, ich ihn aber nicht höher achte, als den Hund, der mich mit toller und schnaubender Wuth auf der Straße angeht." – „Das mögt Ihr selbst mit unserm Herrn ausbaden," versetzte beleidigt ein griesgrämlicher Kerl, „genug, wir thun unsre Schuldigkeit, denn daß Eure Tochter eine Hexe ist, ist klarer als die Sonne, und nur in der vergangenen Nacht haben sie vier Zeugen mit dem lebendigen Satan (Gott sei bei uns!) auf dem Streckelberge verkehren sehen." „Das lügst Du, schandbarer Schurke!" schrie im höchsten Jähzorn der Pfarrer und griff nach einer Flasche, um sie ihm an den Kopf zu schleudern, „meine Tochter ist diese Nacht nicht aus dem Hause gewesen!" „Ja, ja!" rief jetzt Maria, die sich inzwischen von ihrer Ohnmacht erholt hatte: „ich bin dort gewesen!" und nun erzählte sie freimüthig, obgleich mit tausend Thränen, Alles, was geschehen war. Der unglückliche Vater rang während der Zeit seine Hände, und als sie geendet hatte, rief er aus: „O du ungerathenes Kind, warum hast du mir das gethan! Siehe jetzt, wie Gott den Ungehorsam der Kinder straft. Gehorchet euren Lehrern und folget ihnen, denn sie wachen über eure Seelen, spricht die Schrift; aber Du hast mir nicht gehorcht. Ach, ich unglücklicher Vater! wer wird Dir's glauben, daß Du unschuldig bist? ach, ich armer, gottvergessener Mann!" –

Aus diesen und ähnlichen Klagen riß ihn die kalte und gefühllose Geschäftigkeit der Gerichtsdiener, welche abermals an ihre Pflicht erinnerten, und da der Jähzorn über die Erzählung seiner Tochter verrauscht war, er auch überdies sah, daß ihm Gewalt hier nicht fruchten würde, entschloß er sich endlich, der schrecklichen Nothwendigkeit nachzugeben, und bat sich nur aus, mit seinem eigenen Fuhrwerk das unglückliche

Kind nach Pudagla bringen und begleiten zu dürfen. Nach vielen Schwierigkeiten wurde ihm dies endlich bewilligt; doch mußte sein Wagen dicht voraus fahren, und seine Absicht, Aufsehen zu vermeiden, ward keineswegs erreicht, denn das ganze Dorf hatte sich schon versammelt, und Alles schrie: „Seht die Hexe, da fährt die garstige Hexe!" und zeigte mit den Fingern zum Wagen empor. Vergebens rief der trostlose Vater: „Bei Gott dem Allerhöchsten, sie ist unschuldig, erbarmet euch eures unglücklichen Beichtvaters! Ach, ist hier Niemand mehr, der mich liebt? Ach, meine Kinder, meine Kinder!" –

Das Geschrei währte fort, bis sie das Dorf verlassen, und von jetzt an war es der unglücklichen Maria einziges Geschäft, den Vater zu beschwören, seinen Jähzorn gegen den Mörder ihres Glücks und ihrer Ehre zu unterdrücken, um ihr trostloses Schicksal wo möglich nicht noch trostloser zu machen. Dieser versprach auch sein Möglichstes zu thun, und bald darauf langte man in Pudagla an, wo Wittich die unglücklichen Schlachtopfer seiner Rache zuerst allein in einem abgelegenen Saale empfing. Der Pfarrer blieb starr und regungslos bei seinem Anblick stehen; während Maria sich ihm zu Füßen warf und mit herzzerreißenden Worten um Erbarmen für sich und ihren Vater flehte. „Eben darum, weil ich Erbarmen mit Eurer Jugend fühle," antwortete der wollüstige Bösewicht, „habe ich Euch erst im Geheim vernehmen wollen. Ihr seid ein hübsches Mädchen, und wenn Ihr mich lieben wollt und – (nun, Ihr versteht mich schon) will ich mein Möglichstes thun, Euch von dem schmerzhaften Feuertode zu befreien, den Ihr sicher werdet erdulden müssen, da alle Zeugen gegen Euch sind." „Was sagst Du hierzu?" schrie jetzt mit einem schrecklichen, seelenzerschneidenden Tone der ärmste Vater seine todesbleiche Tochter an. „Daß ich eher mich Glied für Glied will zerstoßen lassen," antwortete diese, indem sie sich im Stolz der Tugend emporrichtete, „als den Lüsten dieses Satans fröhnen!" „Das ließ Dich Gott sprechen, du theures, theures Kind!" rief der

Unglückliche, während er sie mit Heftigkeit in seine Arme schloß. Doch augenblicklich riß er sich wieder los und schrie, indem er einen Stuhl ergriff und ihn Wittich an den Kopf schleuderte, daß er zu Boden stürzte: „Jetzt mache, was Du willst, du gottvergessener Schurke, der Du in dieser herren- und ordnungslosen Zeit Dich zu meinem und meines Kindes Richter aufwirfst. Hier rufe ich Wehe! Wehe! über Dich, und wenn mich kein anderer Richter hört, so wird mich der hören, der die Haare auf unserm Haupte zählt und seine Sonne scheinen läßt über Gute und Böse."

Inzwischen hatte sich Wittich von seinem Falle wieder emporgerafft und schrie laut aus der Thür um Hülfe, worauf denn auch sogleich mehrere Scharwächter kamen, welche auf seinen Befehl den Pfarrer in Gewahrsam bringen mußten, während Maria befehligt ward, ihm in den Gerichtssaal zu folgen. Bei aller seiner Frechheit war der Unmensch durch diesen Vorfall in sichtbare Verlegenheit gesetzt, denn da der Bösewicht den Maßstab seiner Niederträchtigkeit auch an Andere zu legen pflegt, so war er sich nichts weniger gewärtig gewesen, als ein solches Benehmen von Vater und Tochter, wo ihnen im eigentlichen Sinne des Wortes das Feuer schon auf die Finger brannte. Doch tröstete er sich damit, daß, falls Maria etwas von seinem Ansinnen vor Gericht aussagen sollte, es ihm leicht sein würde, ihre Glaubwürdigkeit als überwiesene Hexe verdächtig zu machen, und im Nothfall ihm auch immer noch die Folter übrig bliebe, sie zum Geständniß zu bewegen. Darum suchte er auch den Pfarrer durch das obige Mittel zu entfernen, obgleich er vor Gericht dieses Verfahren als eine natürliche und gerechte Folge seiner strafwürdigen und thätlichen Widersetzlichkeit darstellte.

In dem Gerichtssaale nun waren außer den Zeugen, welche aus Claus Jwing, seinen drei Consorten und zwei alten Weibern, Käthe Witten und Ilse Virow, bestanden, der Bürgermeister Valentin Stöwhaas von Usedom, eine Creatur Wittichs, der

Henker mit der Folterbank und eine große Menge Zuschauer gegenwärtig. Die Unglückliche hatte kaum den Saal betreten, als ein lautes Zischen und Flüstern entstand, welches Wittich jedoch durch erhobenen Gerichtsstab augenblicklich beschwichtigte. Und nun nahm sogleich durch Valentin Stöwhaas das peinliche Verhör seinen Anfang. Folgende Anklagepunkte, deren vorgebliche Wahrheit durch die Zeugen bereits mit fürchterlichen Eiden erhärtet war, wurden dem beweinenswerthen Schlachtopfer der Wollust und der Rache vorgelegt: Daß sie, die Therese Maria Schweidler, sich dem Erzfeinde der Menschen ergeben, der sie dafür mit Reichthum und Schönheit begabt habe, daß sie ihrem Buhlen oft einen nächtlichen Besuch auf dem Streckelberge mache und ihn dabei in einer höllischen Sprache anrede, daß dies sogar mehrere Male in Gesellschaft ihres Vaters geschehen sei, wie Käthe Witten und Ilse Virow deutlich gesehen hätten; daß sie aus Rache hiefür der erstern ihre Kuh bezaubert, welche seit Jahr und Tag keinen Tropfen Milch gegeben, und der letzteren durch ein gleiches Mittel ihr bestes Schaf getödtet; daß sie noch gestern Abend, und zwar allein, ihren scheußlichen Besuch wiederholt, eine Menge puren Goldes ausgegraben und darauf den höllischen Geist mit fürchterlichen Worten citirt habe, der auch bald nachher in Gestalt eines großen und haarigen Ricsen erschienen sei.

Auf diesen Unsinn, welcher von Allen, außer etwa von Wittich Appelmann, für ein Evangelium gehalten wurde und der in unserer Zeit so unglaublich scheinen muß, daß selbst die meisten unserer Leser und Leserinnen seine einstige Fürwahrhaltung in Zweifel ziehen dürften, der aber denjenigen, der das thränen- und schreckenvolle Blatt der Geschichte nur flüchtig durchlaufen hat, keineswegs befremden wird; – auf diesen Unsinn, sagen wir, enthüllte die arme Dulderin das ganze Geheimniß und den einzigen Grund ihrer nächtlichen Wanderungen mit ausführlichen Worten, erklärte die Beschuldigungen der alten Weiber für das, was sie waren, einfältige und abscheuliche Lügen, gestand ihre üble Gewohnheit, oft in einsamer Stille lateinische oder deutsche Liederstrophen zum Zeitvertreibe sich laut zu wiederholen, erklärte, daß auch die angebliche Citation des bösen Feindes nichts Anderes als der Schluß aus dem Gedichte ihres Vaters an Gustav Adolph, so wie endlich, daß der Teufel selbst, der ihr darauf erschienen sein solle, der Junker Rüdiger von Neuenkirchen auf Mellenthin gewesen wäre, welchen sie unglücklicher Weise durch ihre geringen Reize gefesselt, und der, da er von ihren nächtlichen Wanderungen auf diesen Berg gehört, sie hier plötzlich mit der Entdeckung seiner Leidenschaft und einem glühenden Eheversprechen behelligt und erschreckt habe.

„Das lügt Ihr," unterbrach sie der eifersüchtige Wittich; „Rüdiger von Neuenkirchen ist überall als ein rechtlicher junger Mann bekannt, und nur einem Unsinnigen würdet Ihr es weismachen, daß er der Tochter eines gemeinen Landpriesters, wie Ihr, und zumal einer längst verrufenen Hexe, sollte die Ehe versprochen haben!" Hier erhob sich allgemein ein lautes, satanisches Gelächter, während Maria gleich vor Jammer und Scham zu vergehen dachte und der Unmenschliche fortfuhr: „Doch wir wollen bald hinter die Wahrheit kommen, wenn Ihr nicht gleich im Guten bekennen wollt; Meister Berndt," rief er dem Henker zu, „legt ihr einmal die Beinschrauben an!" –

„Halt!" schrie hier Valentin Stöwhaas zu seiner Ehre; „zwar auch mir scheint Alles unwahrscheinlich und erlogen, was sie sagt; jedoch die Gerechtigkeit erfordert, *ut audiatur et altera pars,* daß auch der andere Theil gehört werde. Schreibt einmal an Tobias von Neuenkirchen, gnädiger Herr, und bittet ihn, seinen Sohn herzusenden; dann wird es sich bald ergeben, was an der Sache sei; nachher bleibt uns die Folter immer noch."

Wittich hatte diesem Vorschlage keinen vernünftigen Grund entgegenzusetzen, und um sich zugleich den Schein einer richterlichen Unparteilichkeit zu geben, setzte er sich nieder und schrieb ausführlich an den Ritter von Neuenkirchen, einen alten, bigotten, ganz im Geiste seiner Zeit denkenden, stolzen Edelmann, was Inquisitin gegen seinen Sohn ausgesagt habe, den er zu dem Ende auf den folgenden Tag herzubescheiden bat. – Inzwischen wurde, da ohnedies die Dämmerung schon hereinbrach, das erste Verhör geschlossen, und die unglückliche Maria in's Gefängniß, doch getrennt von ihrem Vater, abgeführt. –

Aber der Junker Tobias von Neuenkirchen hatte, noch ehe der Brief anlangte, schon den Inhalt desselben durch's Gerücht erfahren. Denn die Burg Mellenthin liegt nur eine Meile von Pudagla entfernt. Zugleich aber erfuhr es auch unser Rüdiger, der schon nach einer halben Stunde ganz gerüstet und mit dem feurigen Tugendeifer, welcher besseren jugendlichen Naturen immer eigen zu sein pflegt, vor den erstaunten Vater trat und ihm mit glühendem Gesichte und flammenden Augen erklärte, daß er hinziehen wolle, die Unschuld der schmählich Bedrängten zu retten, denn, setzte er hinzu, „was Ihr auch sagen mögt, Vater: sie ist meine Braut, und weder das Brüllen der Hölle, noch die Flammen des Scheiterhaufens sollen mich von ihr trennen!" „Was?" schrie am ganzen Leibe zitternd der Alte, „heilloser, verruchter Bube! was sprichst Du? darf ich meinen Sinnen trauen? eine verrufene Hexe, die Buhlin des lebendigen Satans ist Deine Braut?" Hierauf bemühte sich Jener, ihm die abscheuliche Verleumdung der Unglücklichen auseinanderzusetzen, erzählte sein nächtliches Abenteuer mit ihr auf dem Streckelberge und schloß damit, daß er unter Thränenströmen sich zu seinen Füßen warf, seine Knie umklammerte und ihn bei den Wunden des Gekreuzigten beschwor, seiner Liebe günstig zu sein und ihm die Unschuldige aus den Klauen ihres Henkers retten zu helfen. Aber der Alte stieß ihn mit den Füßen zurück, rannte wie wahnsinnig in der Stube umher und schrie: „O du Bösewicht, o du gottloser Bube! das also nennst Du Beweise für ihre Unschuld? Wehe mir! wehe mir! – Großer Gott, womit hab' ich es verbrochen, daß mein eignes Kind sich dem Satan in die Arme wirft?" –

Inzwischen war Rüdiger aufgestanden, und da sein Roß schon auf dem Burghofe wieherte, wollte er die leidenschaftliche Aufregung seines Vaters benutzen, sich heimlich und unbemerkt zu entfernen. Dieser aber ward es nicht sobald gewahr, als er seinen Knechten zuschrie, seinen Sohn zu ergreifen befahl und ihn selbst in das lange nicht mehr benutzte Burgverließ hinabsenken ließ, ein tiefes, scheußliches Loch, oben mit einem kleinen Eisengitter versehen, welches gerade nach Pudagla hinüberschaute. „Warte, du Schelm!" schrie er ihm nach, „ich werde Dich das vierte Gebot lehren," verschloß die Thür des Burgverließes, in der sich nur ein kleines fensterartiges Pförtchen zur Hineinreichung der Nahrung befand, eigenhändig und ging mit dem Schlüssel in sein Schlafzimmer, wo er ihn unter seinem Kopfkissen verbarg.

Darauf setzte er sich, noch am ganzen Leibe zitternd, nieder und antwortete dem Amtshauptmann: Er sowohl als sein Sohn wären über den Inhalt des eben eingelaufenen Briefes so entrüstet, daß jener bereits vor Aerger in eine Krankheit gefallen sei und mithin nicht der Aufforderung des Gerichtes genügen und sich persönlich stellen könne; er selbst, der Vater aber, gleichfalls in einem solchen Zustande sich befände, daß er sich gleich zu Bette begeben werde, sobald er diesen Brief geschlossen. Nichts sei unwahrer, als die Aussage der schändlichen Hexe. Sein Sohn versichere heilig und theuer, diese Braut des Satans nur auf einen Augenblick bei der erwarteten Vorüberfahrt Gustav Adolphs und seiner Flotte auf dem Streckelberge gesehen zu haben, und sie beide würden noch den Tod haben über diese unerhörte Befleckung ihrer adeligen Ehre u.s.w.

Das einzig Wahre an dem Inhalt dieses boshaften und in seinen Folgen so entsetzlichen Briefes war das wirkliche Uebelbefinden seines Schreibers; denn Junker Tobias mußte, über und über vor Frost zitternd, sich sogleich zu Bette begeben, wobei er argwöhnisch erst nach dem eben versteckten Schlüssel fühlte, und als er ihn fand, alle seine Leute zusammenrufen ließ und ihnen bei seiner schwersten Ungnade befahl, Niemand etwas von der Verhaftung seines Sohnes zu sagen, sondern, wenn nach ihm gefragt werden sollte, einstimmig zu behaupten: daß er vor Aerger über die Aussage der verdammten Hexe, die ihrem armen jungen Herrn etwas angethan haben müsse, in eine schwere Krankheit gefallen sei. Zugleich bestellte er denjenigen seiner Knechte, dem er am meisten glaubte trauen zu können, zum Gefangenwärter, doch, wie sich von selbst versteht, ohne den Schlüssel herauszugeben.

Inzwischen war das Schicksal der armen Maria durch den Eingang jenes menschenmörderischen Schreibens in der That ein verzweifeltes geworden. Bei der großen Eigenmächtigkeit der Gerichte in jener rohen und fast gesetzlosen Zeit ward es dem vor Rache und unreiner Leidenschaft glühenden Wittich leicht, den Richter Valentin Stöwhaas zu bestimmen, schon am folgenden Tage die Folter anwenden zu lassen. In der Nacht jedoch begab der Bösewicht sich noch einmal heimlich und allein in das Gefängniß der Gemißhandelten, hielt ihr den Brief des alten Tobias vor und suchte sie so, bald durch Drohungen, bald durch Bitten, zu seinem Willen zu bringen.

Die Unglückliche war beim Anblick jener Zeilen fast einer Ohnmacht nahe; doch als Wittich diesen Augenblick benutzen wollte, sie in seinen Arm zu schließen, stieß sie ihn zurück und betheuerte hoch und heilig, Alles, ja das Schrecklichste mit sich vornehmen lassen zu wollen, ehe sie sich wirklich dem Teufel, nämlich ihm, ergäbe. Aber Wittich verlor noch nicht die Hoffnung. Er stellte ihr vor, daß sie durch ihren Starrsinn nicht blos sich, sondern auch ihren Vater in das unvermeidliche Verderben stürze, denn diesem solle es nicht besser gehen denn ihr; wogegen er, wenn sie sich nachgiebig zeige, auch dem Vater wolle Verzeihung angedeihen lassen. Diese Drohung traf mit zweischneidigem Schwerte das Herz der armen Dulderin. Sie schwieg einen Augenblick still, sammelte sich aber bald wieder und rief: „Zurück, Ungeheuer! auch mein Vater wird lieber sterben, als die Schande seiner Tochter überleben wollen; aber ich denke, dahin wird es nicht kommen, denn Gott im Himmel lebt noch, und mein Gebet bis zum kommenden Morgen soll versuchen, ihn rächend und hülfebringend seiner armen Magd herniederzurufen."

Als Wittich so Bitten und Drohungen verschwendet hatte, entfernte er sich fluchend und zähneknirschend, indeß die arme Maria in ihrem Gebete vor Gott bis zum hellen Morgen rang. Wohl kam der Morgen, aber keine Hülfe. Ein roher Henker, den sie vergebens nach dem Befinden und dem Aufenthalte ihres Vaters befragte, führte sie schon um 6 Uhr vor ein hochnothpeinliches Gericht, und als sie auf die wiederholten Ermahnungen, der Wahrheit die Ehre zu geben und ihr Bündniß mit dem Feinde Gottes und der Menschen eingestehen zu wollen, bei ihrer früheren Aussage blieb, mußte ihr bald darauf der gräßliche Henker die Marterwerkzeuge vorweisen und ihre schrecklichen Wirkungen erklären. Umsonst, sie blieb standhaft. So ward sie denn auf die Leiter gehoben und es wurden ihr die Daumschrauben angelegt. Ihr Herz schlug hörbar, sie zitterte am ganzen Leibe; – aber sie bekannte noch nicht. Erst als auf Befehl des teuflisch lächelnden Amtshauptmanns die wirkliche Tortur begann, konnten die zarten Hände eine solche Marter nicht ertragen, sondern sie schrie aus allen Kräften: „Laßt mich: ich will Alles bekennen, was ihr wollt!"

Darauf wurde denn das unglückliche Mädchen auch gleich wieder von der Leiter gehoben und beantwortete alle Suggestivfragen, welche ihr das barbarische Gericht vorlegte, wie man es hören wollte, ihre blutenden und zitternden Händchen mit ihrer Schürze bedeckend. Auf die Fragen nach ihrem Vater nahm man keine Rücksicht, sondern führte sie nach geschlossenem Verhör wieder in's Gefängniß zurück. Hier erschien schon nach zwei Tagen der Pfarrer Ehrn Johannes Meißner aus Benz, um die arme Unschuldige zum Tode vorzubereiten und ihr das heilige Abendmahl zu reichen. Auch er wußte nichts von ihrem Vater, und alle Erkundigungen, die er bereits aus freien Stücken und aus eigener Theilnahme angestellt, waren vergeblich gewesen.

So war denn der Zustand Maria's aus mehr als einer Rücksicht ein entsetzlicher, und die endliche Ankündigung ihres Todesurtheils hatte sogar etwas Beruhigendes für sie, da sie den in jeder Nacht zeither wiederholt versuchten Anträgen ihres schändlichen und verhaßten Feindes nun bald auf ewig durch den Feuertod zu entgehen hoffte, welchen sie auf dem Streckelberge, als wo das *corpus delicti* begangen wäre, erdulden sollte.

Der letzte Morgen brach an, aber sie allein und ihr unglücklicher Vater hörten nicht blos das Arme-Sünder-Glöcklein; auch Rüdiger hörte es in naher Ferne durch die stille Morgenluft herüberschallen. Er wußte: nun werde sie abgeführt, und außer sich vor Angst, Wuth und verzweiflungsvoller Liebe, versuchte er den Knecht, der ihm seine Morgenkost brachte und das nur bestätigte, was er schon wußte, zu seiner Loslassung zu bewegen, und beschwor ihn, seinem, wie er höre, todeskranken Vater heimlich den Schlüssel unter dem Haupte fortnehmen zu wollen. „Geht in sein Zimmer, alter Freund," rief er aus, „und sucht ihm unter dem Vorwande, Ihr wolltet das Kopfkissen höher legen, unbemerkt und heimlich beizukommen. Je mehr Ihr dabei klaget und seufzet, desto weniger Verdacht werdet Ihr erwecken, zumal er Euch unter allen seinen Leuten am meisten traut." Zugleich versprach er dem Alten, künftig wie ein Sohn für ihn sorgen zu wollen, und gesetzt, er werde ertappt, so möge er sogleich seinen (des Junkers) Rappen nehmen, um über die Grenzen der Insel zu gelangen, falls er sich vor der Rache seines Vaters fürchten sollte.

Diese Vorstellungen hoben denn endlich die Bedenken des Alten, und kaum fühlte Rüdiger sich frei, als er mit Heftigkeit in das Krankenzimmer des Vaters stürzte: „Vater, Vater! jetzt wird sie zum Gerichtsplatze geführt, ich muß sie retten, wo sind Eure Leute?" und ohne die Antwort desselben abzuwarten, aus dem Fenster rief: „Heda! Knechte, Bediente, sattelt hurtig eure Pferde und helft mir meine Braut befreien!"

„Was?" schrie der Vater, indem er sich mit geballter Faust im Bette emporzurichten suchte; doch er sank zurück, verzerrte das Gesicht, wurde über und über blau und gab röchelnd den Geist auf. Der unglückliche Sohn stand erstarrt vor Schmerz und Schrecken da, während sich wehklagend Alles herbeidrängte. Doch endlich kniete er wimmernd vor dem Verschiedenen nieder, legte ihm die Hand auf's Haupt, sah gen Himmel und betete ein stilles Vaterunser.

Dann sprang er hastig auf und redete mit diesen Worten die Versammlung an: „Das Mädchen, welches eben zum Gerichtsplatze geführt wird, ist keine Hexe. Ich bin der vorgebliche Teufel, der sie auf dem Streckelberge besucht haben soll, und ich nur habe ihr die Bernsteingrube gewiesen, denn sie ist meine Braut. Auf denn! bei meinem Zorne, denn jetzt bin ich euer Herr, helft sie mir befreien, sattelt alle Rosse, sucht euch Waffen aus der alten Rüstkammer! rennet! rennet! Wer in 5 Minuten fertig ist, bekommt 5 Goldgülden der Mann; darum rennet, laufet, laufet!" – Das ließ sich nun nach solcher Erklärung und unter solchen Bedingungen Niemand zweimal sagen.

Alles stürzte von dannen und in der ganzen Burg erhob sich ein so ungeheurer Lärm, daß, wenn der Alte nicht wirklich todt gewesen wäre, wie noch Einige vermuthen wollten, er sicher davon hätte erwachen müssen. Und kaum waren noch 5 Minuten verflossen, so hielten schon 30 mit Speeren und verrosteten Degen, mit Pistolen und Flinten bewaffnete Männer, Bediente, Knechte, Tagelöhner und was sonst die Lust des Gewinnes herbeigetrieben hatte, auf dem Burghofe, und Rüdiger in einer alten Rüstung seines Großvaters an ihrer Spitze. „Jetzt," rief er, „jagt, und wenn alle Pferde zum Teufel gingen, den Weg nach Coserow zu, und was sich euch widersetzt, das stoßet nieder, nur den Hauptmann von Pudagla greift mir lebendig; auf in Gottes Namen!" – Und nun ging es in so ungeheurer Eile von dannen, daß die Erde erbebte und eine meilenlange Staubwolke den kühnen Troß umhüllte.

Wir kehren indeß zur unglücklichen Maria zurück. Ihr Weg ging durch eine lange Buchhaide; der Pfarrer von Benz saß neben ihr auf dem Wagen mit aufgeschlagener Bibel, bald sie tröstend, bald mir ihr weinend; ein Trupp gefühlloser Bauern, worunter auch Claus Jwing war, hatte sie mit ihren Sensen und Heugabeln rund umgeben, während Wittich Appelmann mit Valentin Stöwhaas und einigen andern Herren voraus ritt. So war man bis zum Ausgange des Waldes hinter dem Dorfe Heckeritz gekommen, wo der Streckelberg mit dem hohen Scheiterhaufen auf seiner Spitze und einer ungeheuern Menschenmenge, welche man mit satanischer Freude die Hüte schwenken sah, in Entfernung einer Viertelmeile, gleich einem kolossalen Trauergerüste in Wald und Wolken gehüllt, sich emporhob.

Maria erblaßte bei diesem Anblick, wenn es möglich ist, daß der Tod noch erblassen kann, und senkte ächzend das schwankende Haupt an die Brust des Pfarrers, als hinter ihnen ein wirres Getöse entstand und bald darauf Rüdiger auf einem weißen Streitroß, das blanke Schwert in den Händen, mit aufgeschlagenem Visir und wallendem Federbusch, hervorsprengte, schrecklich schreiend: „Haltet, ihr schändlichen, gottverdammten Buben, so lieb euch euer Leben ist, haltet!“ Als dies sogleich von dem erschrockenen Fuhrmanne geschehen war und Alle .verwundert sich umschauten, auch Maria das bleiche, zweifelhafte Haupt erhob, hielt der edle Jüngling schon an ihrer Seite, indem er sich vom Roß zum Wagen niederneigte, die Arme zu ihr streckte und ausrief: „Ja, Geliebte, Gott, der die Unschuld schützet, sendet mich Euch zum Retter, kommet her auf mein Roß, und entfliehet Euren Henkern.“

Jetzt wurde das Haupt der unvergleichlich-holden Dulderin vom jähen Roth verkläret, wie der weiße Kreidefels, wenn ihn die aufgehende Sonne röthet; zitternd, doch noch keines Wortes mächtig, streckte sie die Arme mit den schwarzen Schleifen, über den Schooß des Pfarrers hin, zu ihrem Retter empor, und der Wind wehte ihre reizenden Locken gegen seine Knie.

Eben wollte er die süße Last emporheben, als Wittich vor Eifersucht, Zorn und Verdruß mit den Worten heransprengte: „Was soll das heißen, Rüdiger? untersteht Ihr Euch, der Gerechtigkeit in die Arme zu fallen?“ „Ha, heilloser Schurke,“ schrie dieser, indem er die Geliebte wieder auf das Strohbund fallen ließ, „bist Du’s, der mich ruft? bei Gott dem Allerhöchsten, Deine Stunde hat geschlagen!“ Und hiemit holte er aus, ihm den Schädel zu spalten. Aber jener entwischte ihm durch eine glückliche Wendung seines Rosses, und rief nun die Bauern zu seinem Schutze auf. Wirklich wagte es auch Claus Jwing mit einer Heugabel nach dem kühnen Jüngling zu stechen; aber in demselben Moment spritzte schon sein Gehirn seinen zitternden Gefährten auf die Kleider, worauf denn alle augenblicklich ihre Waffen fortwarfen, und voll Angst und Schrecken zu dem nahen Walde flüchteten.

Als Wittich dies sah, gab er seinem Roß die Sporen und suchte mit seiner Begleitung auf der Straße nach Coserow zu entwischen. Da aber der Weg hier einen schmalen, etwa tausend Schritte langen Damm bildet, welcher zu beiden Seiten von tiefen Gräben eingeschlossen ist; so war es unter diesen Umständen den nachsetzenden Gesellen Rüdigers leicht, ihn einzuholen, ihm Hände und Füße zu binden, und vor ihren Herrn zu schleppen. Doch dieser, dessen Zorn schon an dem Anblick seiner Geliebten, welche bereits auf seines Pferdes Nacken saß, und mit den zarten Händen seinen Leib umschlungen hielt, in etwas verraucht war, hieß ihn für’s Erste auf den Wagen werfen, welchem er nachzufolgen gebot.

Dann ritt er langsam voraus, die flammenden Augen auf ihre Augen gesenkt; mit der einen Hand sein Roß lenkend, und mit der anderen in ihren Locken spielend. Bald bat er um den ersten Kuß, und erhielt ihn. „Doch,“ versetzte hiebei die erröthende und verschämte Demuth, „laßt dies den ersten und letzten sein, gnädiger Herr, und sendet zur Rettung Eures Rufs und Eurer Ehre das arme, gemißhandelte, und auf ewig geschändete Mädchen mit ihrem alten Vater wieder in ihr Dorf zurück! Ach, mein Vater," unterbrach sie sich hier plötzlich mit einem lauten Angstgeschrei (denn von tausend wechselnden Gefühlen bestürmt, gedachte sie jetzt erst wieder seiner), „sendet doch eilig einige Leute voraus nach Pudagla, gnädiger Herr, damit ihn nicht der Schmerz tödte, bevor wir angelangt; denn dort hält ihn Wittich eingesperrt!" „Ha, der Bube!" rief Rüdiger, „nun, er soll's mir schon entgelten!" und kam sogleich den Wünschen der Geliebten nach.

Der übrige Theil des Weges verstrich unter glühenden Versicherungen einer ewigen Liebe von seiner, und unter Thränen der Entsagung, der Hoffnung, der Freude und der Wehmuth von ihrer Seite. Sobald man vor dem Schloßportal angelangt war, reichte der Jüngling die Geliebte einem Diener nieder, sprang darauf selbst vom Roß, ergriff ihre Hand, und eilte mit ihr dem Gefängniß des unglücklichen Vaters zu. Kaum hatte man diesen aus einer langen Ohnmacht wieder zu sich gebracht. Er stand und hörte kopfschüttelnd die Versicherungen der Knechte Rüdigers an. Sobald aber die Thür sich öffnete, und die geliebte Tochter selbst hereintrat, stürzte er außer sich vor Freude zu ihren Füßen, und wie einst Maria die Knie des Auferstandenen, mit dem glühenden Ausruf: Rabbuni, umfing; so umklammerte er die Knie seiner Auferstandenen, keines anderen Wortes mächtig, als des einzigen Wortes: Maria! Doch, wir ziehen jetzt einen Vorhang über diese heilige Scene. –

Kaum war sie vorüber, so war die erste Frage Rüdigers an den noch immer in Freudenthränen schwimmenden Greis: Durch welche Veranlassung auch er in diese entehrende Lage gekommen sei? Der Alte erzählte ihm jetzt aufrichtig den ganzen Hergang der Sache, und Maria mußte das fernere Verfahren ihrer unmenschlichen Henker schildern, was die gute Seele denn so schonend wie möglich that. „Ha!“ rief Rüdiger, über und über roth, als sie geendet hatte, „wartet ein wenig, ich komme gleich zurück.“ Aber Maria, sein schreckliches Vorhaben ahnend, ergriff schnell seine Hand, und rief: „Um Alles, wo wollt Ihr hin?“ – „Ich will meinen Leuten nur einen Befehl ertheilen“, erwiederte der Jüngling mit anscheinender Kälte, „und nachher wollen wir so schnell wie möglich diesen schrecklichen Ort verlassen!“

Kaum war er aber auf diese Weise ihren Händen entwischt, und auf die Flur des Schlosses gekommen, wo er die Marterbank der Unglücklichen noch in einem Winkel stehen sah, als er mit jauchzender Rache einen Strick ablöste, und sich damit dem Wagen näherte, von welchem der gefesselte Bösewicht durch die Sprossen der Leiter hervorschielte. Er hatte unterdeß ein rasendes Hülfsgeschrei erhoben, und wirklich stand auch ein großer Haufe Menschen auf einem nahen Hügel, von welchem aber Niemand, aus Furcht vor den drohenden Knechten Rüdigers, sich zu nähern wagte. Sobald dieser die gaffende Menge bemerkte, hielt er zuerst eine feurige Rede, worin er kurz und kräftig die niederträchtige Verworfenheit ihres Hauptmanns schilderte, und dann mit den Worten schloß: „Darum, daß sich nur Niemand von euch bei seinem Leben untersteht, mir in die Arme fallen zu wollen; denn an diesem Schurken will und muß ich mich rächen, sollte es mir auch selber wieder den Kopf kosten.“ „Nein,“ schrie der größte Theil des Haufens, „wir werden’s nicht hindern; hängt den Spitzbuben, er hat’s auch an uns und unsern Kindern verdient, hängt den Bluthund in Gottes Namen.“

Jetzt trat Rüdiger vollends an den Wagen und rief: „Schurke, hörst Du Dein Galgenlied? heraus, heraus! sieh, dies ist derselbe Strick, womit Du wollüstiger Bluthund den unschuldigen Engel hast martern lassen! Merkst Du jetzt, was es heißt: Auge um Auge, Zahn um Zahn, und mit demselben Maß, mit dem ihr messet, wird man euch wieder messen? – Heraus, ehrlose Memme! Kinder, richtet ihn mir in die Höhe!" Als Wittich sah, daß er von Allen verlassen war, legte er sich auf's Bitten, und versprach dem Pfarrer und seiner Tochter alle mögliche Entschädigung; aber Rüdiger that ihm schweigend den Strick um den Hals, worauf er ein solches Angstgebrüll erhob, daß ein Theil des Haufens vor Entsetzen über diesen unerhörten Fall, obgleich im Herzen eigentlich froh (denn wie schon gesagt, so war ihm Niemand gut), mit klappernden Zähnen davon floh, während der andere ein lautes Gelächter erhob. Ein Diener ging ihm hierauf die Beine zu lösen, zwei ihn vom Wagen zu heben, und so zerrte ihn Rüdiger, was auch der Pfarrer Ehrn Johannes Meißner dagegen sagen mochte, wie einen wüthenden, sträubenden Ochsen, zu einem nahen Birnbaum, dessen Aeste zu diesem Liebesdienst recht wie gewachsen schienen. Ein rüstiger Knecht mußte zuerst emporklettern, und im nächsten Augenblick zog man den vor Wuth und Angst noch immerwährend brüllenden Wittich zwischen Himmel und Erde empor. Hier verging ihm denn bald das Schreien, und er machte statt dessen so unbändige Kapriolen mit den Beinen, daß ein abermaliges Gelächter unter dem schadenfrohen Volk entstand.

Während deß hatten Vater und Tochter sehnlichst auf die Zurückkunft Rüdigers gehofft. Da er aber immerfort zögerte, so eilten sie voll banger Ahnung ihm nach, und sahen jetzt in Erfüllung gegangen, was sie befürchtet.

Als Maria den Feind ihrer Ruhe und ihrer Ehre unterm freien Himmel baumeln sah, verhüllte sie sich das schöne Gesicht mit den Händen, und trat zitternd auf die Schloßflur zurück, während der Vater in ängstlicher Hast zu Rüdiger rannte und ausrief: „Ach, gnädiger Herr, was habt Ihr gethan? bedenket, das wird auch Euch den Kopf kosten, und mich und mein Kind abermals in's Verderben stürzen!" „Habt keine Sorge," erwiederte der Jüngling. „Kommt mit auf meine Burg, ich will Euch schon schützen. Wo Recht und Gerechtigkeit nicht mehr im Lande gilt, da hört das Gesetz auf, und der Mensch steht außer dem Gesetze, wie in den Tagen der Fehde. Wer hätte diesen Bösewicht richten sollen, wenn ich es nicht gethan? Wer hätte unser Haupt vor seiner Rache schützen wollen, hätt' ich ihn laufen lassen, und ihm nicht auf ewig die blutgierigen Hände gefesselt? Nein, laßt seine Seele nur zum Teufel fahren! Herzog Bogislav dankt Gott, wenn er den Wallenstein beschwichtigt, und ruhig hinter seinem Ofen hocken kann; darum denke ich, wird er auch diesen Fall nicht so genau nehmen, zumal da ich sein Pathe bin, und er meinem Vater einst sehr gewogen war!"

In der That blieb auch dem Pfarrer kein anderes Mittel übrig, als sich für's Erste mit seiner Tochter dem Schutze ihres großmüthigen Retters anzuvertrauen. Man brach daher unverzüglich auf, und gelangte noch vor Abend in die Burg zu Mellenthin an. Hier ließ Rüdiger augenblicklich die Zugbrücken aufziehen, stellte überall Wachen auf, und setzte sich dann nieder und schrieb einen langen Brief an den Herzog, seinen Pathen, worin er ihm, nächst dem schmerzlichen Ableben seines Vaters, das eigenmächtige, und wie er selbst eingestand, sträfliche Verfahren meldete, welches er sich gegen den Hauptmann Wittich von Appelmann erlaubt hatte. Doch suchte er sich so viel wie möglich zu entschuldigen, daß er den Landfrieden Kaiserlicher Majestät übertreten, indem er ihm nicht blos ausführlich das Werk der unmenschlichen Rache dieses Bösewichts gegen den Pfarrer und seine unglückliche Tochter schilderte, sondern auch noch einige andere ähnliche Gräuel seines abscheulichen Lebens hinzufügte, und endlich damit schloß, daß er sich auf Gnade oder Ungnade Sr. Fürstlichen Durchlaucht ergebe, aber zu Gott hoffe, sein Herr Pathe werde dieses Mal noch Gnade für Recht ergehen lassen. Mit diesem Briefe sandte er noch in derselben Nacht einen reitenden Boten nach Franzburg, um, wo möglich, seinen Anklägern zuvorzukommen.

Am folgenden Tage bestattete er die Leiche seines Vaters, und zugleich wurde ein Tausch der Pfarren zwischen Ehrn Jakob Jaster in Mellenthin und Abraham Schweidler verabredet, welchem letzteren sein früherer Aufenthalt jetzt mit Recht zuwider geworden war. Doch ließ Rüdiger bis jetzt ihm nur die Absicht auf seine Tochter ahnen, weil er vor Zurückkunft des Boten, und der Gewißheit über sein ferneres Schicksal, sich nicht deutlich zu erklären wagte. Am fünften Tage wurde er endlich von seinem ängstlichen Harren befreit. Der Bote kehrte mit einer Antwort des Herzogs zurück, worin es hieß: „daß Se. Fürstlichen Gnaden sehr ungehalten wären über das eigenmächtige und sträfliche Verfahren Ihres Vasallen. Doch wollten Sie die Sache untersuchen lassen, und, wenn sie sich angegebener Maßen verhielte, ihm für dieses Mal den Bruch des Landfriedens Kaiserlicher Majestät verzeihen, und Gnade angedeihen lassen, auch Ihren Pfarrer, Ehrn Abraham Schweidler, für das erlittene Ungebühr, aus landesväterlicher Großmuth, und so viel es in diesen betrübten Zeiten möglich, bestens zu entschädigen suchen."

Kaum hatte der Jüngling diesen Brief gelesen, als er jauchzend vor Freude ihn sogleich dem Pfarrer wies, und dann feurig und mit flammenden Augen ausrief: „Jetzt macht mich vollends glücklich, Ehrn Abraham, und gebt mir die Hand Eurer lieben Tochter, für die allein ich mich der Gefahr meines Kopfes ausgesetzt!" Aber das frohe Gesicht des Pfarrers legte sich sogleich in ernste Falten, und indem er seine Hand ergriff, versetzte er feierlich und gemessen: „Bedenket, gnädiger Herr, wer Ihr seid, und wer meine Tochter ist. Ihr, ein hoher und vornehmer Ritter, sie das Kind eines armen Priesters; Ihr, ein Mann von unbefleckter Ehre, sie eine verrufene und schon zum Scheiterhaufen verdammt gewesene Hexe. Besinnt Euch, und laßt Eure Leidenschaft verrauchen; es giebt ja der Mädchen genug auf der Welt. Traun, ich würde mich zeitlebens für unglücklich halten, wenn ich diese, vielleicht nur flüchtige Leidenschaft benutzend Euch mein Jawort gäbe, und heute oder morgen sehen müßte, daß Euch meine und Eure Vorschnelligkeit gereute, und ich so, statt des ewigen Dankes, den ich Euch schuldig bin, aus Leichtsinn und unzeitiger Nachsicht Euch nur ewigen Kummer gehäuft hätte." „Nein, nur ewige Freude werdet Ihr mir häufen," versetzte der feurige Jüngling, „denn bei dem lebendigen Gott! nie werde ich Eure Tochter aufhören zu lieben, und nie meinen Schritt bereuen, es gehe mir, wie es gehe!" „Barmherziger Gott, wie soll ich mir rathen?" rief der Alte. – „Was sagst Du, meine Tochter?" – Aber diese konnte wenig sagen; alle ihre guten Vorsätze waren längst gewichen; sie trat erröthend und mit niedergesenkten Augen zurück, und seufzte nur: „Ach, Vater!" –

Hier entstand eine lange Pause, während welcher des Jünglings flammende Augen, bald die des Vaters, bald die der Tochter suchten. Endlich ergriff er noch einmal des Alten Hand, und rief: „Guter Vater, bin ich denn nicht werth, daß Ihr Euren Sohn mich nennet?" Jetzt konnte sich der Alte nicht länger halten. „Mein Sohn, mein theurer Sohn!" rief er aus, indem er ihn mit hervorbrechenden Thränen umarmte, „Gott verzeih' es mir, wenn ich schwach erscheine, und meinen edlen Vorsatz nicht erfülle! Komm her, Maria, kommt her, meine Kinder! Der Herr segne Euch, und gebe Euch seinen Frieden, Amen." Und jetzt stürzte sich das trunkne Paar in die Arme. Maria's Herz brannte an dem seinen, als hätte es nun endlich den Scheiterhaufen bestiegen, aber wie das Herz des Herakles, den Scheiterhaufen der Vergötterung!

O du edles Paar, und niemals hat dich die Stunde gereuet, in welcher der besorgte Vater deine Hände in einander legte! – Die Flamme deiner Liebe loderte jung und freudig über die stillen Räume dieser Erde, und noch auf deinem Marmorgrabe, in der heiligen Nische des Altars, stehst du Hand in Hand, den Blick gen Himmel gerichtet, späteren Jahrhunderten ein rührendes Muster der unwandelbaren Treue, der reinsten und heiligsten Liebe, der kindlichen Demuth, und des unerschütterlichsten Gottvertrauens.

Nachwort

Im Sommer 1843 erschien in Berlin im Verlag Duncker und Humblot auf persönliche Vermittlung des preußischen Königs Friedrich Wilhelm IV. „Maria Schweidler, die Bernsteinhexe. Der interessanteste aller bisher bekannten Hexenprozesse nach einer defekten Handschrift ihres Vaters, des Pfarrers Abraham Schweidler in Coserow auf Usedom." Als Herausgeber zeichnete der Usedomer Geistliche Wilhelm Meinhold. Der Roman wurde ein Sensationserfolg. Bereits 1844 lagen drei Übertragungen ins Englische vor („The Amber Witch").

Bruchstücke hatte die Zeitschrift „Christoterpe" in ihren Jahrgängen 1841 und 1842 publiziert, ohne daß es in der Folgezeit gelungen war, einen Verleger für das ganze Werk zu finden. Beeindruckt von den Auszügen aus einem angeblich tatsächlich vorgefallenen Hexenprozeß war indes der König selbst, der sich am 16. April 1842 persönlich an den Autor wandte. Etwas mehr als ein Jahr nach Einsendung des Manuskripts an die königliche Kanzlei erhielt der erstaunte Autor sein sorgfältig gedrucktes Werk mit einem angemessenen Honorar zugestellt.

Die Resonanz in der Literaturkritik war beachtlich. Sowohl die „Augsburger Allgemeine Zeitung" als auch die „Deutsche Monatsschrift" stellten den scheinbar dokumentarischen Hexenprozeß aus dem 17. Jahrhundert als einen Quellenfund ersten Ranges heraus. Lediglich Wolfgang Menzel äußerte im „Morgenblatt" vorsichtige Bedenken.

„Der Erfolg war weit über mein Erwarten", schreibt Meinhold im Vorwort zur zweiten Auflage, nachdem er sich in der „Augsburger Allgemeinen Zeitung" vom 23. Januar 1844 zur „Bernsteinhexe" als seiner persönlichen Erfindung bekannt hatte. „Nicht bloß Doktoren und Professoren der Theologie und Philologen ersten Ranges hielten die ganz und gar bis in ihre einzelsten Teile hinab unechte Schrift für echt."

Die gekonnte Nachahmung des Chronikstils aus der Zeit des Dreißigjährigen Kriegs sollte nicht zuletzt jene philologischen Bibelkritiker treffen, die allein aus sprachlichen und stilistischen Befunden auf die „Echtheit oder Unechtheit dieses oder jenes biblischen Buches" schließen zu können glaubten.

Meinholds Erklärung löste einen Sturm im Blätterwald aus. „In allen Journalen brach der Skandal los, und gerade diejenigen, welche nicht die leiseste Ahnung einer Mystifikation gehabt hatten, schrien am allerlautesten, ja wollten, trotz meiner Erklärung des Gegenteils behaupten, die Bernsteinhexe sei dennoch echt, und hätte ich bloß diese Erklärung gegeben, um mir Ruhm zu verschaffen."

Als Antwort auf diese Unterstellungen ließ Meinhold „Die Hexe von Coserow" in der ersten Nummer der Leipziger „Novellenzeitung" im Juli 1844 abdrucken und gab dem Abdruck ein Zeugnis der Synode Usedom bei, daß es sich bei der „Bernsteinhexe" in der Tat um eine reine Erdichtung handle.

Diese hier erstmals wieder vorgelegte Novelle, von Meinhold bereits 1825 konzipiert, ist die eigentliche Keimzelle des Romans. Erst dessen Erfolg ermöglichte die Veröffentlichung des wesentlich kürzeren Werks, das von einem Wiener Modejournal bereits angenommen, dann aber doch wegen der günstigen Erwähnung des protestantischen Schwedenkönigs Gustav Adolf von der katholischen Zensur zurückgewiesen worden war.

Doch wer war dieser Wilhelm Meinhold, von dem selbst Goethe in seinem Aufsatz über die „Individualpoesie" Notiz nimmt? Nach seinen Worten ist er ein „Geistlicher, auf einer nördlichen Landzunge der Insel Usedom, auf einer Düne geboren". Was hatte ihn dazu bewegt, noch im 19. Jahrhundert einen Roman um einen als authentisch vorgestellten Hexenprozeß zu schreiben, in einer Zeit, die bereits auf aufgeklärte, humanistische und idealistische Menschenbilder zurückblikken konnte?

Wilhelm Meinhold kam als einziges Kind des Pfarrers Georg Wilhelm Meinhold am 27. Februar 1797, im gleichen Jahr mit Annette von Droste-Hülshoff und Heinrich Heine, im Gutsdorf Netzelkow auf der Insel Usedom zur Welt. Der Heimatort, auf der kleinen Halbinsel Gnitz gelegen, bot außer seinen Naturschönheiten nur wenig Anziehendes für den Heranwachsenden. So verlief die Kindheit ohne Spielgefährten in bedrückender Abgeschiedenheit.

In den „Humoristischen Reisebildern von der Insel Usedom" (1837) schildert Meinhold später seine Heimat, indem er seiner Liebe zur Natur anschaulichen Ausdruck gibt. An wilde Enten erinnert er sich, die „bei ihrem Aufsteigen fast die Sonne verdunkeln", an „Schwäne in Menge", „Fischotter", und „in den Wäldern", setzt er hinzu, „horstet der Adler". Er hebt den „anmutigen Buchenforst" hervor, „die Gewässer mit ihren Rohrinseln", ein „blaues Wasserstück, das amphitheatralisch von reizenden Bergwäldern eingeschlossen ist", und „das Achterwasser mit der Insel Görmitz". Anders als die Romantiker, hierin bereits auf die Realisten vorausdeutend, erlebt Meinhold Natur und Landschaft in ihrer konkreten Sinnenhaftigkeit. Der Raum gewinnt ein selbstverständliches Eigenleben, während der Mensch als ein Lebewesen unter anderen verwachsen ist mit seiner natürlichen Umwelt.

Ein normales Familienleben hat Meinhold kaum genossen. Sein Vater, ein Sonderling, hatte sich aus Angst vor einem Schlaganfall einer merkwürdigen Kur unterworfen. Er stand, wie sich später der Sohn erinnert, gegen elf Uhr auf, „wo zwei ungeheure Wassertöpfe schon seiner harrten. Während des Trinkens unterrichtete er mich, und zwar nicht bloß in der Stube, sondern täglich eine halbe Stunde, auch in der allerstrengsten Winterkälte, im Freien." Über Tag leerte er wiederholt mehrere „große Wassergefäße, stets mit Unterrichten beschäftigt, und dann ging er aufs neue, trotz Sturm, Schneegestöber und Regen bis gegen elf Uhr des Nachts ins Freie." Trotz der allerdings „mit dem größten Widerwillen“ vorgenommenen Vorsorge, traf ihn 1828 im 61sten Lebensjahr der Schlag, eine Entwicklung, die dem jungen Meinhold früh die Schwäche des Menschen, sein eigenes Geschick zu steuern, und die menschliche Hinfälligkeit vor Augen stellen mußte. Die Mutter hatte Wilhelm Meinhold bereits in früher Kindheit verloren. Die Beziehungen zur zweiten Frau des Vaters entwickelten sich indes durchaus erfreulich und herzlich.

Kaum „mit den Kenntnissen eines gegenwärtigen Tertianers ausgerüstet“, nahm der Sechzehnjährige 1813 ein Studium der Theologie an der damals schwedischen Universität Greifswald auf. Unbeholfen im Umgang und in der Gewißheit seiner unzureichenden Vorbildung voller Minderwertigkeitsgefühle, gestaltete sich der tägliche Verkehr mit den Kommilitonen, die ihn für gestört hielten, äußerst schwierig.

Einzig zu seinem Lehrer, dem empfindsamen Dichter Gotthard Ludwig Kosegarten (1758–1818), Autor der ihrerzeit beliebten Verserzählungen „Die Inselfahrt“ (1805) und „Jucunde“ (1808), Pfarrer in Altenkirchen auf Rügen und seit 1808 Professor der Geschichte und griechischen Literatur in Greifswald, entwickelte sich eine förderliche und aufbauende Beziehung. Kosegarten führte den jungen Mann in die alten und neuen Klassiker, insbesondere in die Werke Goethes und Schillers ein, machte ihn bekannt mit den geistigen Welten Herders und Jean Pauls und öffnete seinen Blick für die Kunst des Greifswalder Malers Caspar David Friedrich. Gleiches galt für die Gedichte Klopstocks und die zeitgenössische Schwärmerei für Freiheit, Natur und Liebe. Überhaupt verstärkte Kosegarten die philosophischen und literarischen Neigungen seines Schülers und ermutigte ihn bei seinen ersten dichterischen Versuchen. Daneben verabreichte er ihm soviel theologisches Wissen, wie er es für erforderlich hielt. „In dem Meinhold“, so ließ er sich vernehmen, „liegt in einer rauhen Schale ein süßer Kern verborgen.“ Beeindruckt war Meinhold von einer Aufführung von Müllners Schicksalsdrama „Die Schuld“ durch die Schauspieltruppe Wilhelm Breede in Stralsund, eines seiner ersten Theatererlebnisse.

Nur zwei Jahre dauerte die Studienzeit, dann waren die Mittel des Vaters erschöpft, und der Sohn mußte sich nach einer Verdienstmöglichkeit umsehen, die es ihm erlaubte, sich in der freien Zeit auf die bevorstehenden Prüfungen vorzubereiten. „Ob dies alles aber nicht meinen schriftstellerischen Versuchen einen eigentümlichen Charakter aufdrückte, überlasse ich dem Urteil des Lesers“, gibt Meinhold später zu bedenken. „Freilich müssen manche meiner Urteile, da ich fast gänzlich autodidakt bin, [...] schief erscheinen, manche aber auch einer näheren Prüfung würdig sein.“ Es liegt nahe, in der dürftigen Kindheit, in dem emotional wenig ansprechenden Familienleben wie in dem Mangel an Freunden und Vertrauten und in den äußerst lückenhaften Studien Anstöße zu sehen, die Gestaltung des eigenen Lebens ausschließlich selbst in die Hand zu nehmen, verstärkt der eigenen Begabung nachzuspüren und sie auszubilden, um ein stabiles Selbstwertgefühl zu begründen. Sein Eindruck, an den Rand gedrängt zu sein, im Grunde nicht dazu zugehören, mag Meinholds Eigenwilligkeit und seine oft schroffe kritische Haltung erklären.

Nach einer Hauslehrerstelle im Kreis Ückermünde und nach dem 1817 bestandenen Examen „pro ministerio“ erhielt Wilhelm Meinhold 1818 die Prädikantenstelle in Gützkow, wenige Kilometer südlich von Greifswald, als Vertreter des erkrankten Seelsorgers Gering. Schon bald verband ihn eine aufrichtige Zuneigung mit Gerings Tochter Juliane Maria Johanna, die am 22. November 1820 seine Frau wurde. Meinhold hatte inzwischen die neue Stelle eines Rektors, Kantors und Organisten an der Stadtschule Usedom auf Usedom angetreten, nachdem er die dazu notwendige Schulprüfung bestanden hatte.

Während dieser Zeit war eine Tragödie entstanden („Bogislaff“, später: „Marie von Pommern“), in der es Meinhold im

Gefolge der Müllnerschen Schicksalsdramatik darauf ankam, die „selbst mit dem Tode nicht endenden Folgen der Sünde zu schildern". Wohl auf Kosegartens Rat wandte sich Meinhold mit seinem Drama am 27. Oktober 1820 an Jean Paul, dessen Werk ihn mit dem dargestellten Widerstreit von Idealität und Realität, von Sinn und Sinnlosigkeit – erinnert sei an die visionäre „Rede des toten Christus vom Weltgebäude herab" in „Siebenkäs" – immer wieder anzog. Nach einigem Zögern bestätigte Jean Paul dem jungen Dramatiker, daß er „des wahren tragischen Ausdrucks mächtig" sei. Auch wenn nach heutigem Urteil das dramatische Talent Meinholds eher als zweitrangig eingestuft werden muß, ist sein Interesse für die dunklen Seiten menschlicher Existenz charakteristisch für seinen Standort und durchaus bemerkenswert. Immerhin verdankte er dem lobenden Schreiben des gefeierten Autors des „Titan" und der „Flegeljahre" seine Wahl zum Pfarrer von Coserow auf Usedom, wo er am 12. November 1821 in sein neues Amt eingeführt wurde. Hier fand er Muße und Gelegenheit, seine Studien fortzusetzen und seine Allgemeinbildung zu vervollkommnen, wobei die intensive Lektüre von Jean Pauls „Vorschule der Ästhetik" eine besondere Rolle spielte. „Eben in Coserow", führt er selbst in der 3. Auflage der „Bernsteinhexe" aus, „legte ich den ersten Grund zu meiner wissenschaftlichen und ästhetischen Bildung."

Während dieser Zeit erschien 1824 mit den „Vermischten Gedichten" in der Greifswalder Universitätsbuchhandlung das erste Buch Meinholds, auf das Goethe äußerst wohlwollend reagierte, indem er dem Autor „eine gar liebenswürdige Art, seine Zustände poetisch darzustellen", bescheinigte, wobei er allerdings die eher dunklen Seiten von Meinholds Lyrik verharmlost. Bereits 1835 lagen die Gedichte in verbesserter und vermehrter Auflage bei dem renommierten Verlag Brockhaus in Leipzig vor. Noch 1870 nahm Theodor Storm zwei Gedichte Meinholds in sein „Hausbuch aus deutschen Dichtern" auf, unter ihnen „Der Wurm am Meere":

Wie dies Gewürm aus unermeßnem Meer, –
Taucht auch der Mensch aus deinem dunklen Schoß.
Unendlichkeit, und ahnet nicht, woher! –
So klimmt er auch auf seinen Erdenkloß,
Von Tränen feucht, und tastet um sich her,
Ob er ergreif' ein wenig Gras und Moos
Für seinen Mund, und er ergreift's so schwer! –
Der arme Mensch, wie trüb ist doch sein Los!
Er ahnet nichts und mühet sich so sehr,
Da kommt die Flut, da wird die Welle groß,
Und er versinket wiederum ins Meer! –

In kunstvoller Variation der Stanzenstrophe erweitert Meinhold die üblichen drei Verspaare mit nur zwei Reimklängen auf fünf unter Verzicht auf den abschließenden Paarreim, so daß der Eindruck der Ziel- und Sinnlosigkeit, der unendlichen Fortsetzbarkeit entsteht. Meer als erstes und letztes Reimwort verweist auf Anfang und Ende des Lebens in zyklischer Wiederholung des Immergleichen. Dazwischen liegen fruchtlose, im Grunde absurde Anstrengungen in erbärmlichen Umständen. Das Gedicht entwirft ein trostloses Bild vom Menschen, eingespannt zwischen einer dunklen Geburt und einem sinnlosen Tod, unter dem Zwang einer ganz und gar vergeblichen Lebensarbeit. Die ausschließlich stumpfen Versausgänge, im Unterschied zur Stanze, unterstreichen die trostlose Einförmigkeit des Daseins.

Ebenfalls noch in die Zeit in Coserow fällt das religiöse Epos „St. Otto, Bischof von Bamberg". Dargestellt wird die Missionierung der Pommern, die Otto, der „Apostel der Pommern", auf seinen Missionsreisen von 1124/25 und 1128 mit Erfolg vornahm. Zweifellos schwächer als die Gedichte, brachte das Epos Meinhold die einträgliche Pfarrstelle in Krummin ein, die er 1826 antrat. Im Pfarrhaus gegenüber der Kirche des ehemaligen Zisterzienser-Nonnenklosters entstand

„Die Bernsteinhexe", Meinholds Hauptwerk. Daneben entwarf er ein Schauspiel „Wallenstein und Stralsund", das aber offenbar niemals zur Aufführung gelangte.

Hervorzuheben ist in der Krumminer Zeit Meinholds Auseinandersetzung mit theologischen und religionsgeschichtlichen Fragen. Für seine Abhandlung „Über Weissagungen und Wunder" aus der umfangreicheren Schrift „Apologie des Christentums" erteilte ihm die Universität Erlangen 1830 die theologische Doktorwürde. Als weitgehend mißlungen muß sein christlich religiöses Gedicht „Athanasia oder die Verklärung Friedrich Wilhelm des Dritten" angesehen werden, erschienen 1844 in Magdeburg. Sowohl die anachronistische Form der Verserzählung als auch der sich anbiedernde preußische Patriotismus verhinderten eine nennenswerte Resonanz. Störend wirkten vor allem die gehässigen Seitenhiebe gegen die Hegelianer, Schleiermacherianer und gegen die Jungdeutschen.

Eine besondere Ehre widerfuhr Meinhold, als er zur zweiten Aufführung der von Heinrich Laube dramatisierten „Bernsteinhexe" am 7. März 1844 am Königlichen Schauspielhaus in Berlin von der Generalintendanz persönlich eingeladen wurde, nachdem das Stück mit mäßigem Erfolg in Hamburg uraufgeführt worden war. Doch die Begegnung zwischen dem jungdeutschen, fortschrittlich orientierten Schriftsteller und dem eher konservativen Meinhold verlief wenig glücklich. „Ich mißfiel ihm, er mißfiel mir", erinnert sich Laube. „Außerdem hatte ihm auch das Stück nicht gefallen." In der Tat konnte sich das Drama in der Folgezeit auf den Bühnen nicht durchsetzen.

Besonders nachteilig entwickelte sich für Meinhold die Auseinandersetzung mit David Friedrich Strauß, der in seinem „Leben Jesu" (1835/36) die Evangelienberichte über Jesus als Mythenbildungen durch die urchristlichen Gemeinden erklärte, eine Darstellung, die der Traditionalist Meinhold ablehnte. Mit dem Brief vom 11. Juli 1843 und einem beiliegenden Exemplar der „Bernsteinhexe", die er für echt ausgab, versuchte er dem Theologen und Philosophen eine Falle zu stellen. Wenn Strauß die Chronik auf Grund textkritischer Untersuchungen für echt hielte, so die Überlegung Meinholds, dann müßten auch seine Autorität und vor allem die Überzeugungskraft seines Buchs Schaden leiden. Aber Strauß fiel nicht auf die etwas plump angelegte Intrige herein. Die Hintergründe wurden offengelegt und brachten Meinhold viel Ärger und Spott. Verärgert war auch der König, der Meinhold gefördert hatte und nun glauben mußte, die „Bernsteinhexe" sei nur aus purem Gelehrtengezänk hervorgegangen. Zweifellos ist das Werk mehr als ein intrigantes Instrument in einem akademischen Streit, Meinholds Art und Weise aber, es zum Gesinnungsvehikel zu machen, verrät sein immer wieder ungut hervortretendes Eiferertum, sein kompromißloses Eintreten für die evangelische Wahrheit, verbunden mit streitsüchtiger Intoleranz.

Der öffentlich ausgetragene Streit des unduldsamen Pfarrers und seine Blamage brachten auch in seiner Pfarrei das Faß zum Überlaufen. Längst war man des Eiferers überdrüssig und sah nun eine Gelegenheit, sich seiner zu entledigen. Überhaupt war sein Umgang mit den Mitmenschen wenig glücklich, wohl eine Folge seiner freudlosen Kindheit und Jugend. Ein Spottlied („Wir wollen ihn nicht haben, den Pfarrer von Krummin") ging um. „Das wird nicht nur in allen Dörfern der Parochie [Pfarrei]", so beklagt sich Meinhold, „sondern auch in den benachbarten Greifswald, Wolgast und Stralsund, und der ganzen Umgegend so boshafterweise und so allgemein verbreitet, daß schon die Wolgaster Straßenjungen es hinter meiner armen und unglücklichen Frau her, abgesungen haben."

Meinhold beschwerte sich offiziell beim Ministerium in Berlin und bat um eine bessere Pfarrstelle. Gleichzeitig beschuldigte er die Regierung in Stettin, alles getan zu haben, sein Ansehen zu ruinieren. Während man in Berlin für Meinhold die vakante Pfarrstelle in Rehwinkel bei Freienwalde in

Pommern in Aussicht nahm, leisteten sowohl die Gemeinde als auch die Stettiner Regierung Widerstand. Meinhold sei „noch immer derselbe, eitle, selbstgefällige, sich selbst überschätzende Mann“, in der Predigt habe „er die Gemeinde nicht so sehr angesprochen“, und außerdem habe er an kaum etwas ein gutes Haar gelassen und gemeint, es müsse alles anders werden. Doch Berlin setzte sich am Ende durch, so daß Wilhelm Meinhold sein neues Amt am 4. Juli 1844 endgültig antreten konnte.

Erwartungsgemäß nahm die Entwicklung in Meinholds letzter Pfarrstelle einen ungünstigen Verlauf. Hinzu traten erhebliche finanzielle Probleme, nachdem Meinhold das Rittergut Nörenberg für seinen ältesten Sohn erworben hatte, so daß der Unterhalt der drei jüngeren Söhne gefährdet erschien. Der Erfolg, den er sich von der Herausgabe seiner „Gesammelten Schriften“ versprochen hatte, blieb aus. Die sieben Bände umfassende Werkausgabe war zwischen 1846 und 1848 in Leipzig erschienen.

In den Bänden 5-7 stellte Meinhold einen neuen Roman vor: „Sidonia von Bork, die Klosterhexe, angebliche Vertilgerin des gesamten herzogl.-pommerschen Regentenhauses.“ Wiederum in Form einer Chronik entsteht ein buntes Panorama pommerscher Zustände im 16. Jahrhundert. Zentrale Figur ist die adlige Hexe Sidonia von Bork, die den Pommernherzog zunächst mit ihrer außergewöhnlichen Schönheit bestrickt, dann aber, nachdem man sie bei einem amourösen Abenteuer mit dem Stallmeister in flagranti ertappt hat, mit Schimpf und Schande davongejagt wird. Von einer alten Hexe lernt sie, durch Zauber Unfruchtbarkeit zu stiften, eine Waffe, die sie als rücksichtslose Rächerin gegen das herzogliche Haus einsetzt. Sie terrorisiert die Landesfürsten, hext die Feinde zu Tode und erzwingt eine einträgliche Klosterpfründe, bis man sie dann nach einem langwierigen Prozeß enthauptet. Ihr Ziel jedoch hat sie erreicht: das pommersche Fürstengeschlecht ist ausgestorben.

„Nein lieber Meinhold“, tadelt Friedrich Hebbel den Roman, „wie ein Mensch Hyäne wird, das kann uns interessieren, aber nicht, wie er als Hyäne wütet“ (Wiener Jahrbücher der Literatur, 1849). Zweifellos hat der Roman Längen und erreicht niemals das Niveau der „Bernsteinhexe“, beklemmend kommt aber auch hier Meinholds Grundüberzeugung zum Ausdruck, daß das gesellschaftlich-geschichtliche Leben insgeheim beherrscht wird von dunklen, dämonischen Kräften, die man zwar vorübergehend auszuschalten vermag, deren Wirkungen aber unvermindert andauern und verantwortlich bleiben für die geheime Ungesichertheit aller Existenz. Gegen das stets drohende Chaos vermochte Meinhold allein die Kräfte des Glaubens zu mobilisieren, daher die Unerbittlichkeit, mit der er für das, was er für die tröstende, letztlich Ordnung stiftende Macht hielt: für die evangelische Verheißung eintrat. Eine Reminiszenz an Meinholds Sidonia von Bork enthält noch der Roman „Effi Briest“, wo Fontane in ironischer Anspielung die miesgrämige Sidonie Glasenabb aus Pommern auftreten läßt, „jedesmal bereit, irgendwas Schreckliches zu prophezeien, wenn sie vom Geist überkommen, die Schalen ihres Zorns ausschüttete“.

Das ohnehin gespannte Verhältnis zwischen dem Pfarrer und der Gemeinde in Rehwinkel verschärfte sich nach Meinholds Veröffentlichung „Die babylonische Sprachen- und Ideenverwirrung der modernen Presse als die hauptsächlichste Quelle des Leidens unserer Zeit“ (1848). Was damals im Revolutionsjahr als Ausweis einer unerträglich konservativen Gesinnung angesehen wurde, liest sich heute wie eine frühe, hellsichtige Medienkritik. Am 14. September 1849 bat Meinhold mit Rücksicht auf einen unheilbaren doppelten Bruchschaden um seine Emeritierung. Doch erst im Herbst 1850 trat er dann nach einer Reihe von Querelen wegen seiner Pension in den Ruhestand und beendete damit den inzwischen unüberbrückbaren Konflikt mit der Gemeinde.

Im Oktober zog Meinhold endgültig nach Charlottenburg, wo er seine literarischen Studien und schriftstellerischen Arbeiten weiter verfolgte. Eine Nachricht in der „Vossischen Zeitung“ vom 8. Januar 1851 sorgte noch einmal für einige Aufregung um seine Person. Dort hieß es, daß der bekannte emeritierte evangelische Geistliche sich ganz zurückgezogen habe, „um zur katholischen Religion überzutreten. Sein Sohn tut denselben Schritt in Breslau [...].“ Während die letzte Meldung in der Tat zutraf, ist Meinholds angebliche Konversion nicht nachweisbar. Auf Anfrage teilte der brandenburgische Superintendent, mit dem Meinhold in seinen letzten Lebensmonaten in regem geistigen Verkehr stand, seinem Kollegen in Stettin mit: „Er [Meinhold] hat mir aber versichert, daß dies ein ganz falsches Gerücht sei, [...] er könne mir auf sein Predigerwort versichern, er sei noch evangelischer Geistlicher [...].“

Am 30. November 1851 erlag Meinhold im Alter von 54 Jahren einem Gehirnschlag, und am 3. Dezember wurde er auf dem alten Lützowfriedhof in Charlottenburg beigesetzt. Sein Grab allerdings war bereits um die Jahrhundertwende verschwunden.

Im Jahr nach seinem Tode erschien noch die unvollendete chronikalische Erzählung „Der getreue Ritter, oder Sigismund Hager von und zu Altensteig und die Reformation“. In diesem Tendenzroman wird die Reformation verantwortlich gemacht für eine Reihe religiöser, sittlicher und sozialer Fehlentwicklungen. Die persönliche Begegnung Hagers mit Luther in Wittenberg wirft ein äußerst ungünstiges Licht auf den Reformator, dessen Lehren als widersprüchlich und schädlich erscheinen, während Hager fortan der reinen katholischen Lehre folgt. Zweifellos hatte sich Meinhold innerlich mehr und mehr vom Protestantismus entfernt und sich zunehmend mit dem Gedanken der Konversion getragen,vollzogen hat er diesen letzten konsequenten Schritt allerdings nicht mehr.

Meinholds Hauptwerk, mit dem sein Name bis heute verbunden wird, ist seine „Bernsteinhexe“, das „vom Feuer des Himmels wie der Hölle glühende Werk“. In der chronikalischen Erzählung findet ein beachtlicher Erzähler seinen charakteristischen, überzeugenden Ausdruck. Friedrich Hebbel spricht vom „Geist hoher Notwendigkeit“ und lobt die Stringenz der Komposition. Das der „Bernsteinhexe“ vorausgegangene, wesentlich kürzere, aber künstlerisch selbständige und voll ausgestaltete Werk „Die Hexe von Coserow“ enthält bereits die Fabel in ihren wesentlichen Grundzügen. Bemerkenswert ist, daß Meinhold beide Werke stets als Novelle bezeichnet hat, was nicht zuletzt mit der unerhörten Begebenheit eines Hexenprozesses und den dramatischen Wendungen des erzählten Geschehens zusammenhängen mag. Beide Erzählungen blenden zurück in die Zeit des Dreißigjährigen Kriegs, dessen Nöte und Wirren selbst die abgeschiedene Welt der pommerschen Insel Usedom nicht unberührt lassen. Im Mittelpunkt stehen der Pfarrer Abraham Schweidler und seine ebenso schöne wie tugendhafte Tochter Maria. Während nun aber die kürzere Fassung das Geschehen distanziert in der dritten Person und in neuhochdeutscher Sprache darbietet, erzählt die längere die Ereignisse in archaisierender Sprache aus der Perspektive des Pfarrers in der ersten Person. Hier gibt der vermeintliche Herausgeber Meinhold vor, daß sein Küster die Chronik aus der Zeit des Dreißigjährigen Kriegs in einem defekten Zustand im Chorgestühl der Kirche in Coserow entdeckt habe. Mit dem 6. Kapitel, mitten im Satz, läßt er die angeblich aufgefundene Originalhandschrift beginnen: „… Koffer, Truhen, Schränke waren allesammt erbrochen und zuschlagen, auch mein Priesterhemd zurissen, so daß in großen Ängsten und Nöthen stande. Doch hatten sie mein armes Töchterlein nit gefunden, maßen ich sie in einem Stall, wo es dunkel war, verborgen […].“

Die Manuskriptfiktion, die Wahl des Ich-Erzählers, der archaische Stil und die detaillierten Darstellungen führen unter

Verlust der Distanz zu einem spontanen Leseerlebnis. Intensiver als die Er-Erzählung reißt der Ich-Erzähler als Augen- und Ohrenzeuge den Leser in den Strom der Ereignisse hinein und macht ihn betroffen. Das kürzere Werk bietet demgegenüber Gelegenheit, dem Erzählten aus Distanz zu folgen, ohne die Spannung zwischen Wirklichkeit und Fiktion jemals völlig aufzugeben.

Novellistisch konsequent akzentuiert sind indes beide Fassungen. Der Hintergrund des Kriegs verweist auf die Entfesselung von Aggressionen und den unbefriedeten Zustand unter den Menschen, der sich fortsetzt in dem gespannten Verhältnis zwischen dem Amtshauptmann Appelmann in Pudagla und dem Pfarrer Schweidler, in der kürzeren Erzählung ein couragierter, energischer Mann, der sich nicht scheut, seinen Gegenspieler öffentlich bloßzustellen, während er in der längeren Fassung eher als stiller, ohnmächtig Leidender begegnet, mehr Opfer als Handelnder.

Abstoßend häßlich und bösartig wird der Amtshauptmann porträtiert: „Er war klein von Gestalt, hatte schiefe Säbelbeine, schwarzes, etwas mit Grau vermischtes Haar, und ein so gräßliches Gesicht, daß er kleine Kinder gemeiniglich durch seinen Anblick schon schreien machte, und Leonardo da Vinci keinen Augenblick um einen Judas verlegen gewesen wäre, dafern er diese satanische Fratze gesehen hätte" („Die Hexe von Coserow"). In der längeren Version erscheint er gar als Hexenmeister, Gebieter über starke, schadenstiftende Geister. Verfolgt er in der „Hexe von Coserow" den Pfarrer zunächst aus gekränkter Eitelkeit, so entzündet sich in der „Bernsteinhexe" der Konflikt von vornherein an seiner Begehrlichkeit. In beiden Fällen handelt es sich um niedere Beweggründe. Entscheidend ist letztlich hier wie dort die bloße Sexualität, die den Amtshauptmann umtreibt und darauf sinnen läßt, wie er die schöne Pfarrerstochter in seinen Besitz bringen kann.

Der Wendepunkt der Handlung ist gebunden an den Bernsteinfund Marias, der allen Nöten ein Ende zu machen scheint. Doch der sich plötzlich abzeichnende Wohlstand läßt trotz der Großzügigkeit Schweidlers, der seine Gemeinde speist, Gerüchte entstehen. Das Leitsymbol des Bernsteins erweist sich als ambivalent. Maria wird, des Teufelpakts verdächtig, als Hexe diskriminiert. Aberglaube und Mißgunst steigern sich zu einer gezielten Hetzkampagne, die Appelmann seinem Ziel näherzubringen verspricht. Während die zuerst entstandene Erzählung die schlimme Wendung geradlinig aus der menschlichen Beschränktheit, aus Neid und abgründiger Aggressivität erwachsen läßt, fügt Meinhold in die „Bernsteinhexe" mit Lise Kolken, dem „gluderäugicht Weib", eine neue phantastische Figur ein. Ehemalige Geliebte des Amtshauptmanns, ist sie die wahre Hexe, die ihrem Geliebten behilflich ist, indem sie das Vieh verenden, eine Frau ein teuflisches Wesen gebären, Kinder erkranken und ihren eigenen Mann sang- und klanglos verschwinden läßt. Zur Last gelegt aber werden all diese zauberischen Untaten Maria Schweidler. Die Tugend erscheint lasterhaft, während das Laster den Schein der Tugend annimmt.

Die Konzentration des Bösen in den Gestalten der Hexe und des verbrecherischen Amtshauptmanns lenkt bei aller erregenden und spannungsgeladenen Darstellung die Aufmerksamkeit ab von der ebenso beschränkten wie boshaften Dorfgemeinschaft, die nur allzu schnell bereit ist, den anderen zu verurteilen und zu vernichten. Gerade in dem negativen Gesellschaftsporträt, im Verzicht auf phantastische Übersteigerungen liegt ähnlich wie in der zeitgenössischen „Judenbuche" der Annette von Droste-Hülshoff die literarische Stärke der „Hexe von Coserow". Schonungslos werden soziale Mißstände aufgedeckt, fehlende Integrationskraft und aggressives Unverständnis. Aber sowohl in der phantastischen wie in der verbrecherischen Figuration des Bösen als auch in dem negativen Sozialporträt kommt der Verlust des gesellschaftlichen

Vertrauens in einer Zeit zum Ausdruck, die den einzelnen unterdrückt und ihn schutzlos zerstörerischen Gewalten ausliefert. Nicht länger glaubwürdig sind nach der Reetablierung der vorrevolutionären Machtcliquen nach 1815 aufgeklärte und humanistische Menschenbilder. Angesichts der realen Reaktion verfliegt der idealistische Glaube an die grundsätzliche Vollendbarkeit des Menschen wie ein schöner Wunschtraum. Sichtbar werden wieder die menschlichen Abgründe, die Beschränktheiten und die Gewaltbereitschaft in einer mißgünstigen, gehässigen Gesellschaft.

Die Katastrophe nimmt ihren Lauf, als man Maria bei ihren nächtlichen Gängen zum Streckelsberg verfolgt, wo sie die Bernsteinader entdeckt hat, und sie in Gesellschaft eines Wesens mit einer zotteligen Kopfbedeckung antrifft. Schnell hat sich der Aberglaube ein Bild gemacht. Die Erscheinung kann niemand anders als der Satan selbst sein, während es sich in Wahrheit um den Junker Rüdiger von Neuenkirchen aus Mellenthin handelt. (Der historische Rüdiger von Neuenkirchen, auf den Meinhold anspielt, war bereits 1594 verstorben.)

Historisches und Erfundenes vermischen sich auch beim Auftritt Gustav Adolfs, um der Fiktion den Schein der Glaubwürdigkeit zu verleihen. Die Landung des schwedischen Königs in Peenemünde (4. Juli 1630), sein triumphaler Durchzug durch Coserow in der Romanfassung und die heraushebende Beachtung, die er Maria schenkt, bedeuten ein geschickt installiertes retardierendes Moment, bevor die Pfarrerstochter, öffentlich der Teufelsbuhlschaft und der Hexerei beschuldigt, in Pudagla in den Kerker geworfen wird. Bedrängt von dem lüsternen Amtshauptmann, der ihr anbietet, sie zu retten, falls sie ihm zu Willen wäre, bleibt sie standhaft. Im Roman folgt ein ausführlich geschilderter, förmlicher Hexenprozeß mit Scheinverhören und Schuldvorurteilen. Auf der Folter gesteht Maria alles, was man von ihr hören will, weil sie die Qualen nicht zu ertragen vermag.

Inzwischen ist ihr Vater in der Romanversion Zeuge des gräßlichen Tods der Lise Kolken, der eigentlichen Drahtzieherin des Unheils, geworden. „Und rief die Unholdin umwechselnd bald Gott bald ihren Geist Stoffer [Mephistopheles] bald mich an, ihr beizuspringen, bis das Gewürm ihr mit einem Mal in den offenen Rachen fuhr, worauf sie allsogleich verreckete und schwarz und blau, wie eine Brummelbeer wurde." In obszöner Sinnbildhaftigkeit vereinigt sich der Teufel mit der ihm verfallenen, bösen Frau, und läßt sie, in sie eindringend, wie ein Vieh zugrunde gehen. Auch Marias Untergang scheint besiegelt, zumal der alte Junker von Neuenkirchen aus ständischem Dünkel seinen Sohn festhält, so daß der daran gehindert wird, Marias Aussage zu bestätigen, er, der Junker, sei es gewesen, den sie auf dem Streckelsberg angetroffen, und nicht der Satan. Am Hinrichtungstag setzt sich der grausige Zug von Pudagla zum Streckelsberg in Bewegung, wo man den Scheiterhaufen errichtet hat. In konsequent abschüssiger Handlungsführung treibt die Novelle der Katastrophe entgegen. Wehrlos wird der einzelne mitgerissen im Sog von Verleumdung, Mißgunst und Aggression. Die Dominanz des Ereignisses über die persönliche Einflußnahme auf das Geschehen, der sich ausweglos anbahnende Triumph des Fatalen über den steuernden und handelnden Menschen hat Meinhold offenbar dazu bewegt, die Gattungsbezeichnung Novelle zu verwenden und beizubehalten. Hierin mag auch der Grund dafür liegen, daß er in der „Bernsteinhexe" auf der einen Seite die Bösartigkeit Appelmanns ins Satanische und auf der andern die Schwäche Schweidlers bis zur Verzweiflung steigert, um die Ohnmacht des Menschen vor dem sich ereignenden Unheil zu pointieren. Schweidler und Appelmann, Spieler der eine und Gegenspieler der andere, stehen sich wie Himmel und Hölle, Gott und Teufel gegenüber, und wiederum scheint der Teufel zu triumphieren.

Aber sowohl in der „Hexe von Coserow" als auch in der „Bernsteinhexe" wendet Meinhold die Vollendung der tragischen Entwicklung in letzter Minute ab, indem er Rüdiger von Neuenkirchen, der sich befreien konnte, als siegreichen Retter der geliebten Maria auftreten läßt. Die Bestrafung des Bösewichts, in der ersten Fassung wird er erhängt, während er in der zweiten in ein Mühlrad stürzt, der Triumph des Helden und die Befreiung des Opfers sowie das Happy-End mit dem vereinten Paar – in der „Bernsteinhexe" werden sogar die ständischen Probleme gelöst, indem der alte Adelsbrief der Schweidlers erneuert wird –, all diese Begebenheiten vereinigen sich im Finale zu einer glücklichen Wende. Der erfolgreiche persönliche Einsatz des Helden erinnert an den ritterlichen Liebes- und Abenteuerroman und beschwört angesichts der drohenden Niederlage des Guten und des Siegs des Bösen die Illusion einer poetischen Gerechtigkeit, die nach der beklemmend geschilderten Realität der Lüge und der Zerstörung romanhaft und wunderbar erscheinen muß. Gerade der Rückgriff auf den abenteuerlichen Ritterroman mit seinen holzschnittartigen Kontrasten von Gut und Böse, in der der Ritter für die bedrohte Unschuld streitet und den Schuldigen bestraft, zeigt Meinholds Bemühen um die Poetisierung einer Welt, in der die Wendung zum Schlimmstmöglichen längst erfolgt ist. Noch korrigiert die Idealität die Realität, indem das novellistische Scheitern zum Schluß in ein romanhaftes Gelingen überführt wird – ein Vorgang, der Meinhold als Vertreter eines poetischen Realismus ausweist, der von dem Glauben an die letztliche Überlegenheit des human fühlenden und handelnden Menschen getragen ist. Gefährdung und Sieg der Menschlichkeit werden in der längeren wie in der kürzeren Erzählung in einer spannenden Handlung mit lebhaft agierenden Figuren vorgeführt, so daß durchgehend der Eindruck unmittelbarer Wirklichkeitsnähe entsteht.

„Es ist mir von jeher widerlich gewesen", führt Meinhold im Vorwort zur dritten Auflage der „Bernsteinhexe" aus, „in unserer Romanliteratur so häufig einer ermüdenden Breite der Darstellung und dem langweiligen Auskramen subjektiver Ansichten über Religion, Staat, Kunst usw. zu begegnen. Besser, dünkte mich immer, [...] wenn der Romandichter [...] seine Kraft und Wirkung nicht in breiten Raisonnements, sondern hauptsächlich in der naturgetreuen Darstellung seiner Charaktere suchte und durch die Gewalt der plastischen Phantasie [...] wie durch die getreueste Sittenschilderung seinen Dichtungen den Typus der historischen Wahrheit aufzudrücken vermöchte."

Winfried Freund

Wilhelm Meinhold

wurde am 27. Februar 1797 in Netzelkow auf Usedom geboren. Ab 1813 Studium der Theologie in Greifswald, Bekanntschaft mit und Förderung durch Gotthard Ludwig Kosegarten. Pfarrstellen in Coserow, Krummin und in Rehwinkel. 1850 frühzeitige Pensionierung und Übersiedlung nach Charlottenburg, wo er am 30. November 1851 starb. Zahlreiche Veröffentlichungen, darunter das Drama „Herzog Bogislaff" (1820), das Epos „Sankt Otto, Bischof von Bamberg" (1827) und der Roman „Sidonia von Bork, die Klosterhexe, angebliche Vertilgerin des gesamten herzogl.-pommerschen Regentenhauses" (1847).

Winfried Freund

lehrt als Professor Neuere Deutsche Literatur an der Universität Paderborn. Viele Publikationen, u. a. zu Matthias Claudius, Annette von Droste-Hülshoff, Theodor Storm und Carl Sternheim sowie eine Geschichte der deutschen Literatur bei DuMont. Mitwirkung an Kindlers Enzyklopädie „Der Mensch", Hansers Sozialgeschichte der deutschen Literatur, Suhrkamps Phantastischer Bibliothek, der Reihe „Portrait" im Deutschen Taschenbuchverlag und an Reclams Romanlexikon.